GAEA

GAEA

The Immortal Gene

月與火犬

5 王子

星子 teensy——著
Izumi——插畫

月與火犬

目錄

CH01 日出時的亂戰

天色逐漸轉亮，風颳得更大了。

狄念祖緊緊握著拳，他的額頭和臉頰因爲極度緊張而滲出汗水，目光牢牢盯著數十公尺遠的兩批人。

一邊是果果和月光，以及糨糊、石頭和酒老等華江賓館一行人。

另一邊，則是以阿嘉爲首的追兵殺手團。

狄念祖一行人在二十分鐘前來到這裡，挑了處地勢較高的地方落腳休息，追兵比他們預期中來得更快。在此之前，他們先後通過兩處埋伏著羅刹的夜雷地帶，在得到貓兒、四角等強援下，那些零零星星的羅刹並沒有對他們造成傷害，但確實拖慢了他們的速度。而當他們發覺追兵逐漸逼近時，便不再趕路，開始擬定交戰對策。

「這批追兵只有一隻阿修羅和一隊夜叉，既沒有提婆，也沒有羅刹，那些羅刹大概都睡倒在路上了吧。」貓兒在狄念祖身後探出頭來，望著追兵那方。

狄念祖、貓兒、向城、百佳和阿年五人並沒有和月光、酒老頭等一同守護果果，而是兵分二路，埋伏在距離阿嘉斜側約莫四十公尺的茂密樹叢後方。

「但千萬別大意，前面那隻阿修羅非常厲害。」狄念祖壓低聲音說：「月光和酒老頂多拖住他五分鐘，我們的目標是後面的研究員，只要阿修羅離得夠遠，我們就動手。」

「如果敵人先出動夜叉，讓阿修羅留守研究員身旁呢？」小次郎問。

「那樣更好。」狄念祖說：「那些夜叉不是月光他們的對手，如果夜叉先攻，我們就按兵不動，讓月光他們收拾掉夜叉；假如夜叉和阿修羅一起出動，三個研究員身邊就清空了。」

「嗯，就這麼決定。」向城等人互相看了看，點點頭。

□

「石頭，大盾。」月光低聲說，接著又對糨糊說：「糨糊，聽好喔，這次還是死守。」

糨糊無奈地甩甩黏臂，似乎不太喜歡死守這個戰術，他喜歡抓狂亂打，但他的發聲器官在路途中被擊落，此時不能說話辯駁，只得乖乖從地上捲了些石塊，準備迎戰。

對面，藏身在夜叉後方的研究員們下達了攻擊指令，阿嘉邁開步伐，大步向前。

「喀……喀喀……」阿嘉的腦袋不由自主地顫抖晃動，嵌在他腦門上那只控制器閃耀著規律的紅光。

「……」果果遠遠望著迎面走來的阿嘉，只見他儘管望著自己，但眼神冰冷陌生，一點也不像上次那般激動憤慨。

阿嘉的步伐逐漸加大，漸漸轉變爲奔跑。他攤開雙手，背脊微微伏低，如同一頭鎖定了獵物，準備發動攻勢的猛獸。

「讓我來。」四角彎下腰、雙拳抵著地，拳頭化成了蹄、額頭生出犄角，體態和四肢迅速變化，變成一頭雄壯的野牛，他以後蹄扒了扒地，長吼一聲，轟隆隆地向前奔出，獨自迎向阿嘉。

「小心，他力氣很大……」月光在後頭喊著。

「我力氣也不小！」四角奔勢加快，腦袋上的犄角持續突出生長，四支彎曲粗壯的犄角如同一隻巨大的爪，指向阿嘉的胸膛。

狂獸與猛牛的重步踏地聲逐漸接近，最後轟隆隆地撞在一塊，砂土塵埃高捲飛揚之後漸漸消散，阿嘉兩隻大手牢牢抓住四角那四支彎曲犄角中的兩支角，一人一牛比拚起力氣。阿嘉歪斜著頭，用冰冷的目光打量四角，像是從未看過這種生物。

「哼……哼哼……」四角鼻孔噴氣、雙眼發紅，身軀上的肌肉隆起、筋脈糾結，鼓足全力卻無法向前推動分毫。接著，他感到自己的身子開始向後退，阿嘉如同推動手推車般推動起四角。

四角的後足死命猛蹬，幾乎要踏進土裡，但還是被阿嘉推著向後退，兩隻重蹄在地上畫出了兩道深深的凹槽。

「吼——」四角驚怒大吼，體態快速變形，前足換回人手，向前一探，抱住阿嘉的腰身，試圖將對方擒抱倒地，但突然感到腦門發出劇痛，身子騰空，原來阿嘉抓著他的角，將他拋飛上天，且這一拋力道過大，將他一支角都折裂了。

四角在空中趕忙舉起雙手護頭，就怕阿嘉躍起來趁勢追擊，但見阿嘉身子微微伏低，確實擺出突擊姿態，卻不是對著自己，而是對著上前助陣的月光。

「糨糊，打他的腳！」月光低呼一聲，接著斜舉石頭大盾朝阿嘉胸口劈去，糨糊則甩出四條各抓著石子的黏臂，甩向阿嘉的雙膝和雙踝。

「唔！」阿嘉砰地接住石頭大盾，十指一掐，深深抓進盾身中，但對糨糊甩來的黏臂一點也不放在心上，任它捲上自己雙腳。

「石頭，鎖他的手！」月光一喊，石頭像是變形蟲般湧上阿嘉手腕，石頭知道阿嘉力大，因此這大鎖的形狀和一般手銬大不相同，而是以整個身子牢牢嵌住阿嘉雙手，乍看下，就像一個人將手插入塊大豆腐。

「唔？」阿嘉像是沒料到石頭能夠變化型態，他似乎忘了那晚曾在飯店和月光戰鬥。

他只那麼一呆，月光已經伏低身子竄至他腰旁，搆著他的左膝猛地一翻，將他整個人翻倒在地。月光動作俐落，在阿嘉倒地時已重新站穩，抬起腳就往阿嘉臉上踏。

但月光這腳卻在阿嘉鼻尖前停下。她心腸軟，這些時日從果果的閒聊中得知阿嘉的悲慘遭遇，知道儘管外表嚇人，他實際上只是個孩子。她很難用全力去踩一個孩子的臉。

「喝！」阿嘉猛一舉手，以鎖著自己雙手的石頭去轟砸月光。

「呀！」月光終究負傷，無法俐落閃開，眼見就要被石頭砸中。

但石頭即時變形，身子瞬間化爲碎砂，脫離阿嘉雙手，大大減少了對月光的傷害。

「傻ㄚ頭，這時候還心軟！」酒老頭的吼聲響起，他及時趕上，在阿嘉正要翻身站起前補上一拳，再次將他擊倒，再對著他臉面補上一記右拳，左拳緊接著轟在他胸口上。

阿嘉猛一偏腦袋，讓酒老下一拳擊在離他臉旁數吋的石地上。

「嘎！」阿嘉一巴掌將酒老搧得遠遠地，才剛站起，四角又從另一邊衝來，以雙臂緊緊箍鎖著阿嘉腰間，使盡全力往上抬舉。

同一瞬間，另一個方向，一記飛斧直直往阿嘉腦門劈來。

阿嘉低頭閃過飛斧。

第二把飛斧幾乎同時飛抵，埋入阿嘉肩膀兩、三吋。

「喝——」四角使盡全力將肩頭中斧的阿嘉攔腰舉起，往一旁的石地上重重翻摔。

「大家一起上，別讓他起來，一口氣撂倒他！」四角大喝一聲，抬起腳就往阿嘉臉上踏，卻被對方抓著腳踝掀倒在地。阿嘉猛一翻身，將四角壓在地上，想要還上幾拳，但酒老、月光、虎妹和百佳一起圍攻上來，他只好躍開老遠，彎低了腰，眼神變得更加凶惡，咬牙切齒起來。

另一頭，夜叉隊後頭的研究員們交頭接耳，似乎在品評著改造後阿嘉的戰鬥能力，又似乎在討論如何下達更為精確的命令。

「他的肉體機能強化許多，幾乎和完成品沒有差異，但智能還不夠，實戰時仍會吃虧。」

「要不要命令他回來？或是出動夜叉支援？」

「不，再觀察一下，對手沒有預期中那麼難纏。」

研究員們作出這樣的結論，並沒有下達其他命令。

「嘎……」阿嘉拔出肩上的短斧，嗅了嗅斧柄上的氣味，環視四周，似乎在找尋短斧的主人。

他的目光停留在百佳身上。

此時，以酒老為首的眾人站成了一圈，將阿嘉圍在中央。

更後頭，月光持著將身子聚合回大斧模樣的石頭，領著糨糊，守在果果身前。

果果低頭，望著自己的手掌一張一闔，像在確認自己能否再發出火焰。

阿嘉的身子動了，目標卻不是果果，而是百佳。他直視著百佳，朝她走去。

百佳個頭矮小，性情卻極爲強悍，她一點也不畏懼高大壯碩的阿嘉，一揚手又射出一柄飛斧，閃電般往阿嘉臉面打去。

阿嘉以手上的斧格開百佳射來的斧，接著他有樣學樣，將手上那柄短斧朝百佳擲出。

更疾、更快！

百佳反應不及，短斧便削過她的右大腿，深深嵌進距離百佳身後十數公尺的樹幹中。

雖然只是道淺淺的口子，血淌得也不多，但可讓百佳驚駭莫名，她知道阿嘉擲斧的準頭不足，但顯然力大無窮，剛剛這記飛斧倘若往自己身軀方向再偏些，自己即便不死，也必定會重傷。

「別扔斧，他能接著！」四角大喊，望向酒老頭，似乎在等待他發號施令。

酒老頭深深吸了口氣，再徐徐呼出，他的雙肘、雙膝都生出堅實的鈍角，擺了個武術架勢。他斜眼看看對角的鬼蜥，只見鬼蜥一雙眼睛閃閃發亮，肚腹起伏不定，一旁的青蜥也做著同樣動作，她一手捧著肚子，向酒老頭使了個眼色。

「四角，吸引阿修羅注意，盡量掩護鬼蜥夫妻倆。」酒老頭朝四角喊道，往阿嘉奔去。

阿嘉此時眼中只有百佳，一點也沒將殺來的酒老頭放在眼裡，僅是緩緩轉身，朝酒老頭當胸揮出一拳。

酒老頭早有準備，在阿嘉的拳頭揮來之前便突然停下腳步，放緩攻勢，打起太極，另一邊跟上的四角狂嗥一聲，又變化成牛形，繞著阿嘉打轉，後足不停蹬地，卻毫無進一步動作。

「嘎……」阿嘉被酒老頭和四角逗得有些煩躁，只見那高大壯碩的虎妹也抱著一截枯木加入戰局，虎妹揮舞著枯木，突然將那枯木往阿嘉扔去。

「喝！」阿嘉一把接住那枯木，雙手抓進枯木之中，隨手一扯，像是撕碎海綿那樣輕易撕碎木頭。

細碎的木屑漫天四散，一支筆直細箭射向阿嘉眉心。

阿嘉眼明手快，伸手一抓，卻感到掌心一陣冰涼——那不是箭，而是液體。

第二道液體不如第一道液體那樣筆直，而是呈拋物線射出，灑了阿嘉滿臉。

「嘎啊——」阿嘉彎下腰、摀著臉，他的頭、臉、脖子、胸膛都騰起青褐色薄煙。

那液體是鬼蜥和青蜥的胃液，對眼睛和口鼻造成的刺激程度遠遠超過市售防狼噴霧劑數倍。

「就是現在，上！」酒老頭一聲令下，搶先殺上，朝著阿嘉後背使出一記頂肘，虎妹、四角緊接在後，磅唧唧地補上好幾拳。

「吼！」阿嘉憤怒大吼，雙拳亂揮，逼開酒老頭三人。他雙眼睜不開，只覺得眼前人影亂竄，突然胸口一痛，伸手一摸，又插著一柄短斧。他知道又是百佳，憤怒大吼，拔下短斧，雙眼怒睜，想看清楚敵人位置，卻隱約見到身側有個人影，正扛著個大東西朝他揮來。

那是揮動石頭大斧的月光。

「嘎！」阿嘉情急之下，猛然躍向一旁，但已來不及，石頭大斧結結實實削過他的左膝，擊碎了他的膝蓋骨。

阿嘉怒吼落地，撐著身子想站起，但他還沒意識到自己左膝蓋骨已碎，撲倒在地。

他憤怒大叫，再撐起身，又是兩股酸辣胃液迎面射來，灑了他滿頭滿臉。

「別急，穩紮穩打！」酒老頭大聲吆喝，他張開雙手，阻止眾人一擁而上。他知道阿嘉雖然負傷且視力受損，但拳腳依然力大無窮，此時己方已佔了上風，便不必再冒險。

「哇……」狄念祖等人看傻了眼，可料想不到月光等人在沒有多少損傷的情況下，幾乎制伏了這狂暴阿修羅。

另一邊，幾個研究員神色難看，似乎沒料到在極短的時間內，情勢竟遭到逆轉，他們急急向夜叉下令，卻不是派出夜叉援救阿嘉，而是掩護他們撤退。

「別讓他們走，搶控制器！」狄念祖還沒說完，貓兒便竄出樹叢，飛快追上。她的速度快絕，衝出樹叢的第一步是斜著身子踏在一株大樹幹上猛力一蹬，第二步便落在十公尺外的岩石上再一蹬，第三步踏在地上，身子飛躍，已經來到了夜叉隊後頭。

「噫——」夜叉們回頭，最後一隻夜叉頭才轉到一半，便被抓花了半張臉。

貓兒的雙爪銳利，一爪由下向上鉤，從那夜叉的側腹抓進胸腔裡，接著抽手掏出，鮮紅的爪上握著的是顆兀自跳動的心臟。

她隨手將心臟一拋，又掐住另一隻剛回頭的夜叉脖子，將之捏斷，再補兩爪，抓爆了那夜叉臉面。

「哇！」狄念祖在後頭嚇傻了眼，他知道貓兒和月光一樣是聖泉那見不得人的後宮計畫之下的產物，計畫中的女性新物種被刻意培育成討男人歡心的工具，因此月光擅長家事打掃、醫療照護，個性溫順，即便與敵人廝殺，也往往避開要害、手下留情。

比起月光，貓兒更像是個殺手，她在戰鬥時沒有多餘的動作，目的也十分單純，那就是以最直接的方式，使對方喪命。

「啊！他們還有埋伏？」研究員們似乎沒有料到狄念祖等人還另有伏兵，驚慌失措，連連吆喝著要夜叉擋下貓兒。

貓兒儘管身手俐落，但絕不可能單挑整隊夜叉團，她一見夜叉轉身攻來，便向後蹦遠，不讓自己落入敵人的圍攻陣中。

「E94！就是現在，出來幫忙！」狄念祖見夜叉團開始反攻，趕緊對著控制器喊：「E94，出來殺研究員啊……E94、E94？」

但狄念祖正前方向數十公尺處的樹叢毫無動靜，那兒本來埋伏著E94，但此時不論狄念祖如何下令，甚至按下懲戒鈕，也毫無回應。

「怎麼回事？」狄念祖呆了呆，轉頭問阿年。阿年聳聳肩，也不明白出了什麼問題。

「走，去看看！」狄念祖嘖嘖幾聲，揪著阿年擠出樹叢，往E94埋伏處奔去，阿年連連低喊：「等等啊，說不定接收器出了問題，要是E94失控，我們現在過去恐怕會有危險。」

「接收器會有什麼問題？」

「誰知道，這批兵器本來就是失敗品，又是臨時成軍的獵殺部隊，就算有儀器控制，很難保證一定不會出紕漏。」

「不管，去看看！」狄念祖轉頭見貓兒、向城、小次郎三人聯手和七、八個夜叉大戰，雖然不致於陷入危機，但幾個研究員在其他夜叉掩護下快速撤逃，如此一來，便失去取得阿嘉控制器的機會了。

狄念祖知道阿嘉是阿修羅級別的生物兵器，若是能夠取得可以控制阿嘉的儀器，那麼接下來的路途便穩當了，而這機會就在眼前，可不能輕易讓它溜走。

「酒老、月光，派個人來幫忙，研究員要逃啦！」他一面大喊，一面拋下猶豫不決的阿年，獨自往E94那樹叢奔去。E94雖然是失敗品，但也算提婆級別兵器，獨力對付五、六個夜叉不成問題。

「啊？」狄念祖繞過樹叢，來到E94埋伏處，只見E94愣愣地呆坐在泥土地上，一旁站了個少年和老婆婆。

那少年和婆婆顯然也是新物種，少年一頭白髮，有雙大耳朵，耳朵上挾著數只螺絲起子之類的工具，嘴上也叼著兩柄起子，站在E94身後，他一手扶著E94的腦袋，另一手持著一柄起子，又一手端著一具怪模怪樣的儀器，還有一手忙著將儀器上的線路插入E94頭頂那只被拆卸開來的控制接收器——白髮少年有四隻手。

婆婆滿臉皺紋和麻子、駝背矮小，雙手低垂地站在另一旁，兩隻大袖子裡伸出數條觸角纏著E94的身子，其中一條觸角鑽進E94的耳朵裡，此時的E94就像被麻醉了般一動也不動。

「你們……」狄念祖一時間不知該作何反應。

「你們怎樣？」婆婆瞪著狄念祖。

「你們是什麼人？」狄念祖結巴地問，一面緩緩向後退，婆婆犀利的眼神令他感到不安。

「你們是什麼人？」婆婆一字不差地反問。

「麻子婆，他們應該就是威坎爺所說的『援兵』吧。」白髮少年這麼說。

「你們就是特地來幫威坎那老王八蛋的城市人？」麻子婆瞪著狄念祖，本便凌厲的目光，此時更顯得殺氣騰騰。

「呃？威……坎？那是誰？我不知道妳在說什麼？」狄念祖連連搖手，退出了樹叢後，轉身就跑，但突然覺得腳踝一陣刺痛，低頭一看，只見一條如同荊棘的觸角已經纏上了自己腳踝。

「唔……」狄念祖正要大叫，突然感到渾身一軟，撲倒在地。他像是遭到電擊，又像是被打了麻醉，渾身使不上力氣，便連叫也叫不出聲。

「狄！」月光遠遠便見到狄念祖拉著阿年奔出樹叢，又聽見他的叫喚，本已帶著糨糊、提著石頭，準備趕來支援貓兒，她見狄念祖繞入另一端的樹叢，還不知他想幹什麼，便隱約聽見他的哀號，趕緊趕來。

就在這時，樹林間響起一陣又一陣尖銳的鳴笛聲，一個大影高高落下，站在月光身前，攔住了她，那是個高大的男人。

「遠遠看就覺得妳眞美，原來近看更美！」那男人披頭散髮、渾身精實肌肉。他上身赤裸，只穿著軍用迷彩長褲，腰間插著獵刀，一雙炯炯有神的大眼直勾勾地盯著月光瞧，他突然大喊：「我決定了，這女人就是我麥二的老婆！」

「什麼！」又一聲怪叫，一個女子從另一棵樹上躍下，她身上衣著極少，僅以簡單的布料裹著胸部和下半身，她一落地，便像是發怒的虎，伏在地上，對著月光齜牙咧嘴，後腳一蹬，撲向月光。

「呀？」月光連忙閃開那女人的撲擊，晃了晃石頭。「斧頭！」

石頭立刻變化成大斧，糨糊也揮動黏臂，準備開戰。

「琅琅，別這樣！」那自稱「麥二」的男人動作敏捷，身子一閃，攔在月光和那叫作「琅琅」的野蠻女人中間，急急地說：「妳想對我老婆怎樣？」

「麥二，我說過你只可以娶我，不可以娶別的女人！」琅琅怒極，左繞右繞，想繞過麥二攻擊月光。但麥二人高馬大，大手一張，像是母雞護著小雞，怎樣都不讓琅琅接近月光。

「嗯？」月光丈二金剛摸不著頭緒，她退開幾步，只見四周樹上紛紛躍下人影，那些傢伙一落地，不由分說便對酒老頭等人展開攻擊。

「等等！各位是三號的朋友吧……我們不是敵人，我認識威坎，想拜託麥老大收留一個孩子……」酒老頭大聲吆喝，雙手高舉大張，表示自己並無敵意。

「他說他不是敵人，是威坎爺的人！」兩個模樣古怪的傢伙攔在酒老面前，你一句我一句地對話著。

這兩個傢伙都是長短手，一個左手長、右手短，另一個則正好相反，他倆長的那隻手幾乎垂地，手掌極大，短的那隻手卻不到四十公分；右手較長的傢伙，有顆長長的頭，左手長的傢伙卻沒有頭，五官零星地分布在胸膛上。

「我說左哥，威坎爺的人就是敵人。」右手較長、生著長方腦袋的傢伙音調尖銳地說，他那粗長的右手持著一柄像斧又像鋤頭的手工武器，朝著酒老左劈右砍。

「我說右哥，我同意你的看法。」那左手較長、沒有腦袋的傢伙，說話低沉，巨大左手舉著一扇布滿鏽斑的鐵門，鐵門反面焊上握柄，表面則焊著一根根粗長鐵釘，這是面可以攻擊的大盾牌。

「我說左哥，你說這些傢伙，要是威坎爺知道我們半途攔截了他的援軍，會不會氣得跳腳呢！」右哥不停猛攻，同時與左哥閒聊。

「我說右哥，我說威坎爺不會氣得跳腳，他跛腳，跳不起來。」左哥這麼答，一面舉著大盾，左右包抄酒老頭。

「我說左哥，誰說威坎爺不會跳，他跳得可高了。」

「我說右哥，威坎爺不是跳，他是用手撐地，將身子向上推。」

「我說左哥，那樣就是跳。」

「我說右哥，那不是跳，是在空中爬。」

「兩位！各位！」酒老頭被這兩個傢伙逼急了，又怕一出手更加沒完沒了，他轉身想退遠些再說個明白，但後頭又來了三個傢伙，一擁而上，將酒老頭打倒在地，幾柄刀子立刻架上酒老頭的頸子。

酒老頭吃驚之餘，卻不氣惱，他早知道三號禁區裡的傢伙大多是自聖泉南極基地逃出來的古物種，加上長年躲藏山中，生活習性、性格思緒與華江賓館中那些生活在城市裡的新物種大不相同，一言不合發生衝突並不稀奇。

酒老頭被壓在地上，仍不停大聲喊話：「四角、鬼蜥，大家別反抗，好好和他們說話！」

酒老頭一面喊，一面盡量轉頭瞥視四周夥伴，此時，一票華江賓館的傢伙們大都被壓在地上，四肢被綁上粗長的麻繩。

另一頭，貓兒一見情形不妙，趕緊躍上樹，但底下小次郎、向城和阿年都被制伏了。

幾個三號禁區的傢伙紛紛躍起，想要圍捕貓兒，但貓兒身手敏捷，在樹林間飛奔跳竄，卻無法救援眾人，只能急得乾瞪眼。

忽然一道影子如同閃電般，橫地停在貓兒眼前，那是隻雲豹。

「小姐，妳的同伴都束手就擒了，妳也投降吧。」那雲豹開口這麼說。

「飛雲，別和她囉嗦，咬她、用爪子抓她！」雲豹背上還攀著個怪模怪樣的小女娃，模樣只有兩、三歲大，紮著一對小辮子，模樣奇特、膚色青灰，臉上頂著一雙有如青蛙、大得嚇人的黃色眼睛。

小女娃嚷到一半，突然鼓起嘴，朝著貓兒吐出了個東西，那東西射速奇快，像是以強力彈弓射出的石子，但貓兒及時撇頭，那東西射中樹幹、嵌在樹身上，仔細一看，是個彈珠大小的黑色球狀物，上頭帶著尖刺，看起來就像個縮小了的海膽。

那黑色刺球插在樹幹上，還不停鼓動，尖端處不停滲出汁液，插在樹幹上的地方，冒出了淡淡的焦腐氣息。

這讓貓兒驚駭不已，眼前這看來不過兩、三歲大的古怪小女娃，攻擊性十分強，一張嘴竟能吐出充滿腐蝕汁液的毒丸子。

「噗噗！」那小女娃鼓著嘴，揮動著手，連連對貓兒吐出黑色毒球，還氣呼呼地拍著雲豹的身子，催促著牠。「飛雲！快啊，靠近些，你也幫忙打她啊！」

「蛙娘，別這樣，先禮後兵不是很好嗎？」那叫作飛雲的雲豹，攀在樹上的姿態優雅，體型不過中型犬大小，灰褐色身軀上遍布雲彩斑紋，四隻爪子卻是雪白一片，穩穩抓著樹幹。牠轉頭望向貓兒，說：「小姐，我再次勸妳，投降吧。」

「……」貓兒不知所措，低頭一看，底下除了月光，全被五花大綁。然而這些傢伙連夜叉團也打，他們對夜叉團可就沒那麼客氣了，動手之間全是見血殺招，更後頭，又有幾個傢伙將那撤退的研究員們也逮了回來，壓在地上。

「飛雲，趁現在！」蛙娘突然尖叫。

貓兒急急抬頭，卻見飛雲已經撲到她面前，她避無可避，怒吼一聲，利爪猛扒，卻撲了個空。

貓兒嚇出一頭冷汗，她仗著自己俐落敏捷，速度飛快，戰鬥中也能分神觀察周遭情勢，但眼前這隻飛雲的速度比她想像中更快，一瞬間便能從十數公尺外竄到她面前。

「哼……」貓兒感到手臂上陡然一陣劇痛，低頭一看，胳臂上插著幾枚黑色毒丸子，她急急地用利爪撥去那些毒球，同時聽到四周傳出幾記蹦彈聲，是飛雲在樹和樹之間奔踏的聲音。

「蛙娘，我只想將她打下樹，妳何必多事？」飛雲的語氣有些埋怨。

「飛雲，你裝什麼紳士，這隻臭大貓差點殺了你。」蛙娘尖聲說著。

「這批人不是敵人，二哥要生擒他們，妳別吐黑球，吐黃球吧。」飛雲這麼說，身子停在貓兒前方七公尺處一棵樹幹上。

飛雲的肚子上淌著血，是貓兒情急之下那記扒抓所造成的。

「哼！」貓兒一見飛雲停下，立刻發動猛攻，她的身子像是砲彈般向前竄去，兩隻利爪凶猛一抓，在樹幹上炸出一片爆碎樹屑。

飛雲卻已穩穩攀在一旁另一棵樹幹上，貓兒此時的神情可不像平時那樣溫和可親，而像頭受困猛虎，使出全力攻擊。她怒叫一聲，飛快追向飛雲，但飛雲的速度比貓兒更快，總是搶在貓兒利爪襲到之前從容閃避。

「你這豹子，只有速度快而已，你打不過我的！」貓兒怒叫。

「小姐，我不否認妳的說法。」飛雲這麼說：「三號禁區裡，我打不過的朋友多得是，我本來就無意和任何人比較戰技，但是妳想賽跑，我樂意奉陪。」

「你這哪裡是賽跑，根本是逃跑。」貓兒鼓足全力在樹間追竄，她覺得自己的手臂越來越痛，被小毒球刺中之處腫脹發黑，且逐漸無力。若是在平地上，她頂多是以單手應戰，但在樹上，少一隻手攀樹，影響甚大，她的速度漸漸慢了下來，更追不上飛雲了。

貓兒見飛雲每次停下的地方都比上一次更近，知道飛雲看出自己動作遲緩，故意放慢速度，讓自己屢屢全力躍去，卻又撲空。

貓兒心中憤怒，但轉念一想，索性讓中了毒丸子的左臂垂著，讓動作更慢，且氣喘吁吁起來。

「小姐，妳的呼吸是裝的。」飛雲在距離貓兒四公尺的樹上這麼說：「妳想讓我鬆懈，讓我以爲妳沒力氣了，然後突然以全力攻擊，對吧？」

「……」貓兒默然不語，突然點點頭，說：「對。」

同時，貓兒雙足一蹬，身子在空中急速變化，雪白的臉上生出藍灰色的毛，化爲體形猶如獵豹大小的貓。

「！」飛雲確實猜中貓兒的心思，貓兒企圖減緩速度，然後陡然加速，讓逐漸習慣緩慢的飛雲措手不及。然而，飛雲沒料到的是貓兒化作貓身時，速度比人形快了許多。

飛雲猛然一躍，後腿被貓兒揮來的利爪扒出數道大口，嘴巴也捱了一掌，在空中翻了好幾個圈，摔落下地。

「哇！」蛙娘尖叫一聲，身子在空中轉了無數圈，摔進一隻粗壯的臂彎裡，是麥二接住了她。

貓兒則自樹上另一端摔了下來，動也不動地癱在地上，手腳和身子還微微抽搐著，她的頸上掛著三枚小毒球，這三枚小毒丸子形狀和先前的小毒球一模一樣，但顏色卻是黃色。

貓兒雖然一擊成功，但她忘了自己的對手並不只是飛雲，還有飛雲背上的蛙娘。她全力衝刺之餘，早已無暇顧及蛙娘吐出的毒丸子，因此擊落飛雲的同時，便被毒丸子打中，全身麻痺、動彈不得，癱在地上，慢慢又恢復成人形。

「這女人也挺美的呢……」麥二單手抱著蛙娘，走到貓兒身旁瞧了瞧，又回頭望著被團團包圍的月光，說：「但還是我老婆更美。」

「麥二，我不准你娶她，你只能娶我！」琅琅氣鼓鼓地走到麥二身邊，低頭看了看貓兒，踹了她一腳，對身旁幾個夥伴嚷嚷：「還不把這個賤貨綁起來！」

「你們……你們到底是誰？你們想怎樣？」月光被團團圍住，持著石頭大斧，左顧右盼，見所有同伴都被制伏，一時間也不知該先救哪個，她大聲說：「你們別傷害我的朋友！」

「聽見沒有！」麥二大聲嚷嚷：「我老婆的朋友，就是我的朋友，誰傷害我的朋友，我就傷害他！」

「什麼？」一票三號禁區的人馬聽見麥二這麼說，也有些陷入混亂，正拿著麻繩綑綁貓兒的幾個傢伙聽到麥二那麼說，趕緊拋了繩子，彼此呆視。

「二哥，你說什麼我左哥聽不懂、右哥也聽不懂！」左哥舉著大盾問。

「是啊，聽不懂。」右哥點頭附和。

「別聽他亂講，通通綁起來帶回去！」琅琅怒吼。「這些城市來的是威坎的幫手，要來害大哥的，我們抓回去好好拷問，一定要逼問出威坎的陰謀。大家動作快點，我們時間不多，要是慢了，可能救不了大哥！」

「對啊！」大夥們立刻出聲附和，有的朝麥二喊：「二哥，你別鬧了，這時候還想著討老婆！」「討老婆和救大哥哪個重要？」

「我就是想討老婆不行嗎？」麥二大聲應答：「討老婆和救大哥不能同時進行嗎？」他一面說，一面走近月光，還輕聲對懷中的蛙娘說：「這是我的老婆，妳千萬不能對她吐東西，知道嗎？」

「哼！」蛙娘眉頭一皺，自麥二懷中躍下，像隻小蛙似地微微伏在地上，轉著一雙怪異大眼睛盯著月光瞧。她似乎對站在月光身後的糨糊十分感興趣，她鼓起嘴，朝著糨糊噴出一枚黃色毒球。

「！」糨糊被那毒丸子擊中黏臂，嚇了一跳，趕緊抖動黏臂，抖下一小團黏團，黃色小毒球還刺著黏團，咕嚕咕嚕地蠕動，不停將麻痺毒液注入黏團之中。

糨糊口不能言，氣急敗壞地揚起黏臂、繞過月光，想要追打蛙娘，蛙娘此時雖沒坐在飛雲背上，但身手也十分俐落，一跳躍得好高，避開糨糊的黏臂抽打，又噗噗吐出兩記黃毒丸子，正中糨糊臉面。

糨糊急急抖下身上被麻痺毒液侵染的黏團，氣得直跳腳，他想起先前在廢棄宿舍頂樓惡戰那天蛛童子，天蛛童子也會扔毒針，他還記得狄念祖曾教他怎麼打天蛛童子。

糨糊高高甩出一條粗長黏臂，朝蛙娘攔腰掃去，蛙娘又一跳，但糨糊的黏臂突然在空中分成十數條較細的黏條，鞭子般抽在蛙娘身上，將蛙娘重重鞭倒在地。

蛙娘除了動作敏捷、能吐毒球，身體比那天蛛童子弱小不少，自空中被抽倒在地，腦袋撞著地面，竟昏死過去。

糨糊再甩黏臂，想將蛙娘擒到手上，但琅琅搶先一步，一把抓住了糨糊揮去的黏臂，抽出腰刀一斬，斬落了糨糊那條黏臂。

「啊，小蛙娘被打昏啦！」「這怪傢伙下手好重！」「讓我來對付他！」一旁好幾個三號禁區的人馬見糨糊擊昏了蛙娘，可都義憤填膺地衝上來要攻擊糨糊。

「糨糊，別慌！」月光揮動大斧，逼開幾個躍上來的傢伙，揪著糨糊急急後退，緊張地東張西望。她雖不懼戰，但此時一批夥伴全被制伏，頸子上都架著利刃，就連果果也被兩個高頭大馬的漢子守著，果果只是低著頭，一句話也不說。

另一邊，那生著四隻手的白髮少年持著起子等工具，開始拆卸起阿嘉頭上的接收器，鑲在頭蓋骨上的儀器已被拆開一半，露出了五顏六色的線路。

阿嘉的身子緩緩抖動起來，口中發出了嗚嗚的低吼，雙眼呆滯地望著前方。

「喂喂！你們搞什麼鬼？還玩？這傢伙很危險吶！」那白髮少年連忙停下動作，憤怒地朝身後幾個持著控制器的夥伴叱罵。

「古奇，我們沒在玩啊。」幾個禁區成員老練地對著控制器下達命令。「跪下、跪下，別亂動，叫你跪下！」那幾個成員見阿嘉不聽指揮，便按下控制器上的懲戒鈕。

「嗷吼……」阿嘉仰了仰頭，發出低沉的怒吼，卻仍然沒有依照命令跪下，而是拖著斷腿，緩緩往前爬。

爬向果果。

果果抱著膝，一動也不動地坐在地上，身邊還守著兩個禁區成員。

「讓他停啊，不然我怎麼拆他頭上的東西！」古奇大吼，持著起子上前抬起腳，重重踩在阿嘉背上，將他一腳踏得趴下。

「哼……」古奇氣呼呼地回頭瞪了一眼，正準備繼續拆卸，卻感到腳下的阿嘉又撐起身子。

古奇的右腳再次施力，卻再也無法壓下阿嘉，阿嘉喉間滾動著嘶啞的呻吟，搖搖晃晃站了起來。

「果……」阿嘉望著果果。「妳……在這裡……做什麼？我在這裡……做什麼？」

「古奇，這幾個傢伙說他頭上那玩意兒不能拆！」持著控制器的禁區成員這麼說。

「放屁！這邪惡的東西為什麼不能拆？」古奇大罵，還上前一把揪著阿嘉，喊：「你安分點，我在救你，幫你拆下這爛機器，你再也不必……」

古奇還沒說完，身子騰空起來。

是被突然轉身的阿嘉一胳臂掃飛的。

「哇！」三號禁區的成員們一片譁然，大夥們一擁而上接住古奇，幾個禁區成員圍住阿嘉，其中一個撲向阿嘉，被阿嘉一拳擊倒。

「這傢伙好厲害！」「控制器呢？還不叫他停！」「他不受控制，原來真的不能拆啊。」

「果……果……」阿嘉一跛一跛地走到果果面前，緩緩蹲下，但他一腳斷了，身子不穩，撲倒在地，仰起頭來，望著抱膝坐著的果果。

「……」果果面無表情地望著阿嘉，說：「你想起我啦？」

「爲什麼妳在這裡？」阿嘉呆愣愣地說：「爲什麼妳見到我就要跑？」

「因爲你凶巴巴的，動不動就要打人。」果果這麼說。

「我……」阿嘉支吾半晌，像是想解釋些什麼，但一隻大手掐住了他的後頸，是麥二。麥二抓著阿嘉後頸，想將他提起來。

「吼！」阿嘉本能地反手一揮，麥二也立刻舉手格擋。

砰！兩隻粗壯的胳臂相碰，發出響亮的撞擊聲。

阿嘉和麥二都是一呆，像是沒有料到對方的力氣巨大至此，麥二驚訝之餘，卻露出欣喜的神情，他嘿嘿一笑，反握住阿嘉的胳臂，一把將他拉了起來，望著他那斷了骨的左膝，說：「這傢伙力氣挺大啊，不過腳斷啦，眞可惜。」

「喝——」阿嘉接連揮出幾拳，全揮了空，另一手也被麥二抓住。

「我們來比比臂力好了。」麥二這麼說，接著深深吸了口氣，緩緩推著阿嘉向後退。

「不公平，麥二哥，他腿斷了，你說比臂力，卻佔他斷腿便宜。」三號禁區當中有人這麼說。

「要我讓他一腳也行。」麥二轉頭瞪著那出聲的傢伙，接著自己縮起一腳，單足撐地，一跳一跳地前進，仍不停推動阿嘉。

「吼……」阿嘉腦門上那被拆解到一半的接收器閃爍著光芒和火花，左膝傳來的劇痛讓他雙眼發紅，他先是憤怒低吼，接著仰頭怒嗥，卻仍然被麥二壓著後退。

麥二一面推動阿嘉還一面和夥伴鬥嘴，像是刻意展示自己的游刃有餘，但接著，他覺得手腕一緊，轉頭一看，只見阿嘉兩隻眼睛紅得分不出眼白和眼瞳，口中的獠牙突出嘴巴，且雙手反抓住麥二手腕，一股剽悍的力量自阿嘉身上爆發而出。

「你要使出全力了嗎？」麥二哈哈一笑，將身子壓低了些，推動阿嘉的速度反而更快。「那我使出八成力道好了。」

「自大狂！少說謊了，你額頭上都爆青筋了，你明明使了全力！」「他腿斷了，痛得使不上力，你有種把自己的腿打斷再和他比。」禁區成員中有人這麼鼓譟。

「你們這些吃裡扒外的渾蛋，我明明只出五分力。」麥二轉頭大罵。

「小心！」琅琅尖叫一聲。

麥二回頭，還沒看清楚，只覺得一股怪力在他臉上炸開。

「頭……錘？」麥二的腦袋被轟得向後仰去，還不知道自己被什麼打中，接著只感到胸口、小腹也同時受到巨力襲擊。

「他有三隻手，不！四隻手！」三號禁區成員們驚訝地叫嚷起來。

麥二總算看清楚了，阿嘉的右肩和左脅下各生出一隻手，而他左肩和右脅下，也有兩個隆起處正不停顫動著。

「吼吼吼！」阿嘉狂吼，以原本的雙手緊緊扣著麥二雙手，再以多出的兩手，狂風暴雨地對著麥二猛擊，阻住麥二的推進，且開始反推。

「別插手！」麥二大叫一聲，接著身子後仰，然後向前猛地一撞，額頭轟地撞上阿嘉轟來的拳頭。

麥二的額頭紅了一大片，阿嘉的拳頭則碎了。

「再來啊、再來啊！」麥二似乎也動了氣，他本來向後屈著的左腳猛地一抬，膝蓋轟地撞在阿嘉的小腹上，抽回左手，立刻勾出一記重拳，石破天驚地在阿嘉下巴上炸開。

阿嘉身子不穩，倒坐在地，被麥二騎上身，數記重拳全打在他的臉上和胸口上。砰地一聲，阿嘉腦門上的接收器炸出一陣火光，燒了起來。

「二哥，你再打就要打死他啦。」古奇和幾個禁區成員奔了上來，拉住麥二，麥二這才起身，摸摸鼻子瞧著動也不動的阿嘉，說：「這傢伙力氣大，但不會打架……」

麥二轉身見到月光仍和琅琅等幾個三號禁區的成員對峙著，趕緊奔去，大手一張，攔在月光和眾人之間，扯著喉嚨對眾人說：「好啦好啦，大家聊聊天而已，不必拚個你死我活，讓他們起來吧，別這樣壓著人家。」

三號禁區這些傢伙剛剛見麥二認真起來，幾拳打得阿嘉倒地不起，此時便也不再火上加油和他鬥嘴，紛紛收起武器，讓酒老一行人站了起來。

「美麗的女人，妳放心，我們沒有惡意，只是有事情得向你們問個清楚。」麥一望著月光，問：「妳叫什麼名字？」

「……我沒有名字。」月光這麼答。

CH02 協議

破舊的窗框上沒有玻璃，窗外的牆上橫著一面霓虹燈招牌，招牌上的字跡或許曾是某間小吃店或檳榔攤老闆的姓氏、別號之類的字樣，但此時這只懸在牆外、掛著古怪吊飾、燈管有些故障的霓虹招牌，似乎只是種隨興拼湊的裝飾品。

狄念祖坐在窗邊，一臉茫然地望著窗外。他注意到霓虹燈招牌下方還懸著一面灰底盾形的警局招牌。

這是間沒有警察駐守的警察局。

窗外那被大霓虹招牌遮住大半邊的更後頭，是一些低矮的住宅建築，這地方本是位在太魯閣風景區裡的山中小鎮，小鎮鄰近幾座觀光農場，鎮上有不少民宿和小吃店，這兒的居民大都以招待觀光客爲業——這是狄念祖以往對這個地方的淺薄認知，但在剛才一路被押解過來的途中，他沒見到任何人類住民，小鎮上的住宅大都破舊不堪，有些地方也經過大幅改建，甚至遭到嚴重的毀損和破壞，顯示這裡曾發生慘烈的戰鬥。

狄念祖張了張嘴巴、動動舌頭、抖抖雙腳，不久之前被那麻子婆以怪異觸角纏著的腳踝傷處，還發出一陣陣的麻癢及刺痛感，麻子婆伸出的觸角上帶著小刺，會分泌麻痺毒液，不僅讓他力氣盡失，且連話都講不清楚。

此時，狄念祖雙手被粗實的鋼鎖銬在背後，雙腳也以鐐銬與鐵椅子鎖在一塊——這些精鋼鎖銬本是幾處聖泉監控基地裡用以拘束、控制那些生物兵器的道具，三號禁區的古物種戰士們在與聖泉生物兵器無數次交手中，自然也搶來不少聖泉的槍械用具。

狄念祖低頭望了望胸口，那前襟被扯開而袒露的胸口上攀著一隻怪異的巨大黑甲蟲，那甲蟲的六隻腳牢牢勾進狄念祖胸口的皮肉，他覺得被久銬的身子僵硬難受，便試著輕輕扭動腰臀、舒伸筋骨。

他的衣服底下也攀著甲蟲，一隻攀鉤在他腹間，另一隻攀在他背上，被甲蟲鉤著的地方刺痛發癢，但他一點也不敢胡亂掙扎，過度的刺激會促使甲蟲釋放強烈電流——他正對面坐著渾身濕透、臉色蒼白的百佳，二十分鐘前便因爲掙扎抵抗，被三隻甲蟲合力電擊，被電得口吐白沫、昏死不醒。外頭的守衛聞聲進來，也只是取下百佳身上電力耗盡的甲蟲，換上新甲蟲，然後一桶水將她潑醒，百佳便不敢再反抗了。

房中靜悄悄地，除了狄念祖和百佳，還有鬼蜥、青蜥、小次郎、四角、豪強、貓兒和虎妹共九個人，分成兩排，靜靜坐在鐵椅子上，身上都攀著大甲蟲。

「不知道酒老現在和他們談得怎樣……」小次郎扭著頭、呶著嘴，伸出舌頭，試探地輕觸攀在他肩頭上的黑色甲蟲——小次郎體內具有野鼠基因，平時有食蟲的習慣。他隨著酒老頭一路奔波至此，見這些甲蟲外殼又黑又亮、體態飽滿，不免有些嘴饞，但他才見過百佳的慘狀，此時也只能不停吞嚥口水，就怕這些甲蟲在他口裡放電，炸了他的嘴。「我被銬得手都痳啦。」

「酒老是華江賓館的頭頭，他代表咱們和這些野蠻人談判我沒意見，那小平頭什麼身分，有啥資格和酒老平起平坐？」豪強沒好氣地說，他淚眼汪汪，倒不是受了委屈或心中難過，而是他的大豬鼻子上攀著隻黑甲蟲，黑甲蟲六隻又硬又銳的腳牢牢鉤進他的鼻頭肉裡，使他的鼻子刺癢至極、眼淚鼻水都不受控制地流了滿臉。

豪強脾氣再怎麼暴躁魯直，此時也像隻乖巧的小綿羊般拘謹坐著，就怕黑甲蟲對著他渾身上下最敏感的鼻子發動恐怖電擊。

「姓向的老兄是張經理的人啊，張經理一直都是我們的頭頭，這不是都知道了，嚴格說來，地位是比我們大點啊。」小次郎隨口接話。

「就不談那小平頭好了，那女孩呢？我是說月光小姐，她……是有點功勞，但所有人都被綁在這，她卻沒事，還被那麥二當成貴賓，這又是為什麼？酒老代表咱們、小平頭代表張經理，那月光小姐又代表誰？她……我可不是心眼小，跟月光小姐計較，我只是有點不服氣，我豪強好歹也是華江賓館護衛團團長，這些野人要談大事，卻省略了我，未免太小看人。」

「人家月光小姐長什麼樣子，你這山豬長什麼樣子？撒泡尿照照好嗎！」小次郎嘿嘿笑著回嘴：「你沒聽那個麥二沿路都喊著要娶月光當他老婆，三號禁區二頭目的老婆，身分當然不一樣……對了！」小次郎說到這裡，突然轉頭望著狄念祖，問：「姓狄的，麥二說要娶月光，你難道不表示一點意見？」

「你這小鬼……」豪強和小次郎都是生性躁動，此時被綁得動彈不得，身上又攀著電甲蟲，心煩氣躁無處發洩，兩張嘴巴便停不下來了，豪強氣呼呼地瞪著小次郎：「你這小子現在說話這麼衝，你覺得自己長大啦？」

「是啊！」小次郎挺了挺胸膛。「我現在有自己的護衛團了，以後不用看你臉色。」

「你是什麼狗屁團，你手下那幾個小鬼渾身上下的毛，加起來也沒我一隻腳多。」

豪強瞪大眼睛答，突然像是想起什麼，也望向狄念祖，說：「對啊，狄念祖，那麥二要娶月光小姐，你怎麼辦？」

「幹嘛……扯到我……」狄念祖的舌頭仍然有點麻痺，他沒好氣地答：「那傢伙想娶誰，關我……屁事，這種事又不是他說了算，也要月光肯啊。月光心裡有個白馬王子，她只想等她的王子……」

「女人是善變的。」小次郎說。「人家高大威猛，說不定相處久了，月光就愛上他了。你沒見到剛剛那麥二親了月光，月光不避也不閃呢！這就是心動的證據。」

「是啊，我也看到了。」豪強點點頭，望向狄念祖。「不過，我覺得月光小姐只是一時沒反應過來，她當時也嚇了一跳。」

「這關我什麼事？」狄念祖不悅地說：「月光想做什麼，都是她自己的事，為什麼要特別問我的意見？怎麼不問貓兒的意見？怎麼不問四角的意見？」

「因為我覺得你在生悶氣啊。」小次郎賊兮兮地笑。「一路上麥二和月光走在一起，你在後頭瞪得眼珠子都要掉出來了。」

「狗屁。」狄念祖瞥過頭，望著窗外，不想再和小次郎爭辯些什麼。

「唉……就不知道酒老和他們談到哪兒了？這關係到接下來我們要做的事呢。」貓兒見狄念祖臉色難看，趕忙打起圓場。

「我就搞不懂，現在到底還談什麼，我們是來送小孩的，小孩送到了，我們走就好了，他們擔心我們出手幫那威坎爺，哼，誰有那閒工夫！他們不放心，派個人監視我們下山不就好了。」鬼蜥抱怨起來，他的目光閃爍，視線在自己肩頭兩側的大甲蟲身上來回飄移，不時伸出舌頭舔舐嘴唇。

鬼蜥還是人類時有潔癖，厭惡昆蟲，但自從他在聖泉實驗室裡被注入爬蟲基因之後，便對昆蟲產生了新觀感，他見到小次郎貪食蟑螂，表面上譏諷幾句，但心中的好奇和欣羨卻與日俱增。有次四下無人，他偷偷捏了隻蟲吃下，只覺得香脆可口，像是吃到了前所未有的美食，他喜孜孜地將這個發現告訴女友青蜥，但同樣被注入爬蟲基因的青蜥，對昆蟲卻是深惡痛絕，差點要將鬼蜥趕出房間。櫃內的鬼蜥只好對天發誓自己再也不敢了。

「要是這麼簡單就好囉……」貓兒嘆了口氣。

「所以現在的情形到底怎樣呢？」百佳開口：「我們一路上山，將那小妹妹送到這地方，接受這些山上人的保護，結果這些山上人正在搞內鬥？二哥準備打大哥？」

「麥二不是要打大哥，現在三號禁區分裂，麥老大落在一群叛徒手裡，麥二想搶回麥老大，他想說服我們幫忙。」貓兒這麼說。

一行人在被押解至此的途中，從與麥二等人的談話裡，大致明白了三號禁區的當前情勢——

三號禁區的領袖麥老大，力量深不可測，一直以來都是禁區的支柱，率領著一批強悍的戰士們，屢屢擊退聖泉派上山的武裝士兵。但在一年前，身體和心智卻逐漸衰竭，現在的麥老大幾乎成了個平凡的失智老人。

這讓三號禁區陷入極度恐慌，他們知道儘管禁區還有麥二及一批身懷絕技的戰士，但倘若失去麥老大的領導，便無法再與日益壯大的聖泉抗衡了。

隨著麥老大日漸凋零，禁區裡出現了兩派聲音——三號禁區的頭號軍師威坎主張與其對抗聖泉，不如加入聖泉、接受袁家叔伯輩的招安收編，成爲袁家叔伯輩旗下勢力，這麼一來，不僅能夠保全禁區所有成員，甚至有機會藉著聖泉的勢力爲禁區的成員們取得更大的利益。

但另一派以麥二、痲子婆爲首的勢力，卻堅決反對威坎的提議。他們認爲袁家叔伯輩的提議就像包裹著糖衣的毒藥，袁家叔伯輩只想要破壞禁區與袁家大哥多年來保持的和平默契，甚至藉由禁區戰士們的力量，挑戰袁安平在聖泉內的地位，一旦袁家大哥的勢力遭到弟弟和叔伯們的瓜分，屆時三號禁區再無庇蔭，除非乖乖為奴，否則肯定會遭到這些人無情殲滅。

然而，麥二雖是麥老大的弟弟，但在三號禁區中聲望一直不如威坎，儘管他反對威坎主張向叔伯輩靠攏的建議，卻無法提出能夠保全禁區全員的對策，在無數次辯論時被逼問得惱羞成怒，講些「聖泉那些怪物如果上山，來一個殺一個！」「我們殺進聖泉基地，把那些怪物殺個一乾二淨，不就得了！」之類的氣話，自然難以服眾。漸漸地，威坎的主張獲得了禁區裡將近八成以上成員們的支持，準備打著麥老大的名義正式向叔伯輩投誠。

麥二得不到三號多數人的支持，只得集結志同道合的夥伴，自請駐守勢力範圍的邊境地帶，準備另作圖謀，直到攔截了酒老一行人。

麥二弄清楚了酒老等人的來意，知道酒老等人與袁家勢力間的過節，便提出合作邀約，希望酒老助一臂之力，搶回被威坎掌控的麥老大，重新奪回三號禁區的主導權。

「我們誰都不幫，不幫麥二，也不幫威坎，這樣行嗎？」鬼蜥說。

「讓酒老決定吧。」貓兒這麼說。

「這個地方的紛爭，又關酒老什麼事、關我們什麼事啦，大家千里迢迢陪那姓狄的來送孩子，孩子送到了，大夥可以回家啦。」青蜥插嘴說。「你們愛留在這裡就留，誰要嫁誰、誰要生氣，都與我們無關啊，我討厭這個地方！」

「我沒生氣啊……」小次郎插嘴：「生氣的是那個姓……」

「你們還眞是搞不清楚狀況呢。」貓兒聽小次郎又要將話頭轉到狄念祖身上，便搶著大聲說：「大家忘了華江賓館是誰在罩著啦？」

「是張經理。」小次郎答。

「張經理的老闆是誰？」

「袁家大哥。」

「是啊！」貓兒說：「本來大夥兒以爲三號禁區和袁家大哥的關係良好，才決定把果果送來，但現在禁區裡的人準備轉向跟袁家叔伯輩合作，共同對付袁家大哥，那個上華江賓館搗亂，又一路追殺上山的吉米，就是袁家叔伯輩的人吶。」

「所以……照這樣算起來……」小次郎歪著頭思索。「那什麼威坎、渾蛋吉米，都是袁家叔伯輩的人。而酒老還有我們，是袁家大哥這邊的人……所以我們現在的敵人，就是威坎啦？那這些傢伙還綁著我們幹啥？還不放了我們，一起去打威坎啊！」

「喂喂喂，小次郎，你嫌這陣子還打不夠？我們只是來送孩子，怎麼突然間又多了這麼多敵人啊？你想打，回去我和你打好不好？」鬼蜥沒好氣地說。「我們只想平平靜靜過日子，連這都不行嗎！」

「這點我們倒是有志一同……」狄念祖臭著臉，喃喃自語。

「貓兒姊，酒老會答應他們嗎？」百佳問。

「不管酒老怎麼決定，我都和他一起。」豪強說。

「喂喂喂！」鬼蜥插嘴：「我尊敬酒老，但酒老可不能幫我們做決定，要不要幫忙，得讓我們自己決定。」

「鬼蜥，你別老只顧著自己！」豪強抖著豬鼻子，瞪著鬼蜥說：「搞清楚大家現在的處境……我們是俘虜耶！就算酒老拒絕，也要這些山上人肯放人才行。再來……酒老早已答應和張經理合作……算是袁大哥的下屬，而我們一直都是袁大哥罩著的，要是袁大哥真被弄倒了，你倆夫妻也沒好日子過！」

「要過什麼日子，也得由我們自己選。」鬼蜥瞪著眼睛說：「這樣綁著我們羞辱，只和酒老談，分明就是瞧不起人！」

「對啊，要咱們幫忙，也得表現點誠意，要打我不怕，我上山就是來打架的，綁著我怎麼打？」小次郎扯開喉嚨喊：「酒老要打誰我就打誰，你們要老子幫忙打威坎，就趕快放開老子，綁得我難受死啦，我要小便——」

「收回甲蟲吧。」室外傳來說話聲。

眾人身上的大甲蟲立時振起翅膀，飛了起來。

「啊……啊啾！」豪強一見大甲蟲飛離了自己鼻子，立刻大力扭動起鼻子止癢，且接連打了好幾個大噴嚏，鼻水淌了滿嘴。

一群人走進房裡，帶頭的是名叫琅琅的女子，她交叉著手、趾高氣揚地環視狄念祖等人，接著招了招手，幾個手下立刻進來，拿著特製工具替眾人解開了手腳上的鎖銬。

又幾個人抬著兩張桌子走進空房，將兩張桌子併成一張大桌，接著送上熱騰騰的食物。

不一會兒，大桌上堆滿了食物，正中央擺著頭烤羊，四周圍著烤兔子、烤雞，以及一些蔬果菜餚，雖然外觀欠佳，但對於奔波整夜的狄念祖等人而言，一桌肉香四溢的烤肉大餐可激得所有人的肚子合奏起交響樂。

「這是給我們吃的嗎？」小次郎抹抹手，還不等琅琅答話，便扯下一隻雞腿，大嚼起來。「謝謝啦。」

「別客氣呀，這是給我們的好朋友、好夥伴吃的。」琅琅笑著說。「以後大家就是自己人啦。」

「誰跟你自己人！」鬼蜥連連搖頭，一面怒叱起小次郎：「你這小鬼，誰准你吃的，他們擺一桌飯，就是要你吃他的飯，吃完替他們打打殺殺啊！」

「我本來就是來打打殺殺啊，現在白白賺到一頓大餐吃，當然要吃！」小次郎一手雞腿、一手蔬菜，吃得滿嘴油膩。

另一邊豪強也大啖起烤羊，大聲說：「反正我跟著酒老，酒老要打我就打。」

「酒老人呢？他決定讓大家替你們搶麥老大了？」貓兒這麼問。

「我沒這麼決定！」酒老頭的聲音從外頭響起。他帶著果果，大步走進房裡，瞪了琅琅一眼，接著冷冷地說：「這次你們來，是來送孩子的。孩子送到了，張經理該給的酬勞一毛不少，要不要跟我去搶麥老大，自己決定。」

「一樣有報酬，事成，每人一百萬。」向城接著進門，補充說道。

「你是張經理？你說一百萬就一百萬？」鬼蜥哼哼地說。

「這個地方收不到手機訊號，我無法聯絡上張經理，但是張經理早就授權我在這次行動中代他做決定，我說一百萬，就是一百萬。」向城這麼說：「三號禁區發生的事，出乎我們預料，我希望大家都明白，我們有共同的敵人，若不能阻止敵人，便只得任敵人宰割了。」

「哼哼，說得眞好聽……」鬼蜥似乎有些動搖，他轉頭和青蜥低聲交談了幾句，突然問：「你剛剛說一人一百萬。」

「是。」向城點點頭。「一人一百萬。」

「就不知道有沒有命花……」百佳一臉憤恨，她喊了虎妹一聲。「妳答應嗎？」

「我……我不知道，讓酒老決定。」虎妹搔搔頭。

「我說了，自個兒決定。」酒老頭這麼說：「沒興趣的人，他們會安排安全的地方供各位藏身，事後也會護送各位離開這鬼地方。」

「你們在想什麼！」豪強大聲說：「現在壽爺那餐廳還得靠張經理保護，要是讓那些壞蛋扳倒了袁大哥和張經理，我們要去哪兒？」

「嗯。」四角本來扠著手站在角落，一直沒說話，此時像是同意豪強的說法，他走到餐桌前，扯下一隻烤羊腿，朝著向城和酒老一舉，大咬一口。

「你是牛，吃草就好了，還和大家搶羊腿吃！」小次郎大叫。

「吃羊怎樣，就算是牛我也照吃。」四角提著羊腿，回到角落大啖起羊腿。

貓兒聳聳肩，也向酒老頭點了點頭，走上前捏了塊肉放入口中。

虎妹、百佳見貓兒決定參與，便也取了菜餚吃下。

鬼蜥、青蜥也跟著加入用餐行列，鬼蜥神色陰晴不定，哼哼地說：「兩百萬是不少，希望咱們有命花。」

「不管爲錢，還是爲了什麼，反正大家各自保重吧。」酒老頭哼哼幾聲，也上前吃了起來。

「哈。」麥二大步走進房裡，見到大家都吃了起來，開心地拍掌。「好！眞高興今天多了一群新朋友，我爲我們今天的粗魯行爲道歉，各位別放在心上啊！」

「嘖。」狄念祖見月光跟在麥二身後，胸口還掛了串花，有些不是滋味。

「狄，你怎麼不吃東西？」月光見狄念祖倚在窗邊盯著自己，便走向他，問：「你有受傷嗎？」

「妳不也沒吃東西嗎？」狄念祖答。

「我吃了。」月光指了指麥二。「麥二帶我吃了些東西。」

「飽了嗎？」狄念祖指了指自己的手腕。

「現在還不用……」月光搖搖頭，她昨晚途中已喝了不少血。

「那就好……」狄念祖頓了頓，望著月光說：「這邊的情形有些變化，和我們想像中不一樣，果果應該也待不下去了吧？我們下山，另外找地方落腳吧。」

「咦。」小次郎提著食物，湊到狄念祖身邊，問：「你不隨我們去打架啊？你上次的卡達砲威力挺大的，我想再見你用用，我也有些招數沒使出來，你不想瞧瞧？」

「不想。」狄念祖哼哼地說：「而且我也不缺錢。」

「誰說我要走啦？」果果也來到狄念祖面前，扠著腰說：「我要留在這裡，麥二能夠保護我。」

「妳剛剛不是跟酒老開會去了，沒聽大家說這邊起內鬨啦？」狄念祖瞪著果果。

「我知道啊，但是這邊人多，酒老和大家都站在這裡，不跟著大家，難道跟著你這鬍子人啊？」果果譏諷地說。

「……」狄念祖摸摸下頷，經過一日一夜，他的鬍子生了滿臉，頭髮也長到肩膀，看起來比豪強、四角這些漢子更像野人。他不理果果，望著月光：「妳不隨我走嗎？妳要留在這裡？」

「麥二的大哥被關了起來，我想幫他救回大哥。」月光這麼說。

「妳……」狄念祖攤了攤手說：「妳以為自己是媽祖婆啊，從送小孩上山到協尋失智老人都要插一手？」

「呃……」月光像是聽不明白狄念祖話中的譏諷，但瞧出他神情不悅，便說：「狄，你放心，我會保護你，而且除非真的餓了，我也不會隨便喝你的血。」

「我不需要保護……」狄念祖握緊拳頭，左顧右盼，大聲喊著：「誰拿個桶子來，這裡有沒有米？我還要一把刀！」

「米？你要吃飯啊？」小次郎問。

「你要米幹嘛？」琅琅問。

「做米血糕。」狄念祖沒好氣地答，他轉頭望向月光。「一桶血，做成米血糕，夠妳吃一個月啦，妳吃完了再來找我吧。我有自己的事要做，沒空陪你們玩，大家保重啦。」

狄念祖邊說，也不理錯愕的眾人，自顧自來到餐桌旁，挑了把餐刀，左右看了看，見百佳座位旁擺著一只鐵水桶，便提到一旁，拉了張椅子坐下準備割腕放血。

「狄，你怎麼了？」月光連忙上前，握住狄念祖持刀的右手，說：「你要下山，可以等我們救出麥大哥之後，和大家一起下山啊，如果你不願意去救麥大哥，也可以留在安全的地方等我們回來，不會有危險的！」

「是啊，保證安全，朋友。」麥二也走了過來，拍著胸膛說。

「我什麼時候成了你朋友？」狄念祖仰起頭，冷冷地說：「我有自己的事要做，我沒有時間在這裡待兩天、那裡待三天的。」

「狄，你留下來，等我替麥二救出大哥，也會去幫你。」月光這麼說。

「我不需要妳幫我。」狄念祖揚了揚水桶：「我不是要給妳血了嗎？妳擔心一桶不夠喝？行，再去拿個桶子來，兩桶夠喝了吧。」

「但是你一個人怎麼下山？」月光不解地問：「狄，你爲什麼突然不開心？」

「反正我又死不了，用爬的也能爬下山啊。」狄念祖搖了搖被月光抓住的胳臂，示意她放手。

「朋友，事成之前，我們怎能讓你走？」麥二皺了皺眉，握住狄念祖那柄餐刀，緩緩抽出。

「唔！」狄念祖握得死緊，但他的力氣與麥二相差太遠，只能眼睜睜看著麥二將餐刀取走，他憤怒喊著：「酒老頭，你不是說去留自己決定嗎？你說話算不算話？」

「……」酒老頭抓了抓頭，一時間不知該說些什麼，他望向麥二。「我說話當然算話，但我不知道你這小子現在在玩什麼把戲。你不願意插手，這邊有地方讓你待著，到時候大家一起走，你現在突然要下山，豈不剛好落在吉米追兵的手裡？」

「這……也是我自己的事。」狄念祖氣呼呼地說。

「狄大哥。」果果來到狄念祖面前，扠著腰站著：「如果你半夜偷偷打倒守衛，逃出去、闖下山，那我會很佩服你，我會收回這些天對你說的那些不禮貌的話。但你現在這副樣子，只是想利用月光姊姊的軟心腸，讓她爲難。你難道沒有發現自己現在這副樣子，看起來像個鬧彆扭討糖吃的小妹妹？」

狄念祖睜大眼睛瞪著果果，又見到小次郎、鬼蜥、百佳等人交頭接耳，都像是在譏笑自己，他心中惱怒到了極點，卻連自己都說不出究竟在氣什麼。但不論如何，果果這番話讓他心服口服。在這當下，酒老頭不願他獨自下山，是擔心他的安危，麥二不放人，當然是不願他落在敵人手裡，走漏消息。

「嗯，是我不好，可能是一路上太累了，心煩氣躁、亂發脾氣，眞是對不起各位。」狄念祖擠出難看的笑容，向大家鞠了個躬，接著仰起頭，問麥二：「我沒興趣參與你們的活動，給我個空房間，讓我安靜獨處，行嗎？我想我得睡一下。」

「沒問題。」麥二這麼問：「不過，你不吃點東西？」

「現在不餓。」狄念祖搖搖頭。

CH03 貓溜進了夜窗

午後時分，天空晴朗無雲。

房間算是乾淨寬敞，透過鐵窗欄杆，能見到剛才那棟警察局。

這是間閒置的小民宿，兩層樓高，狄念祖被安排住在二樓，整層二樓有四房兩廳，都是他的起居空間。

一樓則有兩個守衛輪流站崗，狄念祖若要外出，得由守衛陪同，形同軟禁。

儘管一夜激戰無眠，但狄念祖此時在床上翻來覆去就是睡不著，思緒紛亂，一會兒惱怒月光多事、一會兒懊悔自己不久前的失態、一會兒又擔憂起自己的前途，再過兩天就要開學了，他卻被困在這深山之中。按照時程推算，他的摩登小鴨二代即將正式公開了，但他無法向皮蛋交代一些瑣碎事項，他原以爲很快就能下山的。

他覺得自己的人生一而再、再而三地遭到各種莫名其妙人事物的干預和破壞，不停將他拉往某個他不想要去的地方。

他一閉上眼睛，不久前被麥二等人押解至此的景象便浮現在眼前。麥二是個坦率的人，心中想到什麼便說什麼，他一見到月光，便愛上她了，一路上嚷著要娶月光當老婆。

月光雖然拒絕了，但並未與麥二保持適當距離，她和麥二並肩齊行。

麥二趁機親了月光的臉頰一下。

但月光並沒有像電視上那些受驚的女主角般賞麥二一記耳光，而是驚訝得不知所措，直問他這動作是什麼意思——

「這是愛上某個人的表現啊！」麥二當時比手畫腳地說：「給我點時間，我保證妳一定會愛上我……」

「……」狄念祖坐起身來，握了握拳頭，只覺得渾身不對勁。他反覆坐起，再躺下，翻來覆去，只覺得有股莫名的煩躁堆積在胸口，他甚至覺得能直接聽見自己的心跳聲。

他摸著胸口，只覺得自己的心跳明顯而強烈，且似乎有些不規則，偶爾會瞬間猛烈地震動。

狄念祖發呆半晌，睡意全失，索性翻身下床，從隨身行李中翻出筆記型電腦，點開電腦桌面上那個由父親製作的怪遊戲——「火犬獵人」，狄國平在「火犬獵人」裡藏了一組重要密碼，能夠解開他自聖泉內部竊得的加密檔案。

在等待張經理安排前往三號禁區前這幾天，狄念祖每晚都會點開「火犬獵人」，在那個虛擬的小市鎮中摸索一番。

遊戲無法存檔，每一次關閉再開啓，以狄念祖爲藍本的遊戲主角都會自房內床上躍下，展開新的探險。

數天以來，狄念祖玩得毫無進展，但他本來就不認爲「破解聖泉機密檔案」是自己的義務，因此這些天來，「火犬獵人」只是他用來打發時間、懷念兒時生活的小遊戲。

當他操縱著遊戲主角，在那條簡陋卻有些熟悉的市街上漫步時，過去那些已經淡忘的記憶又重新浮現眼前。

「不是要休息？」貓兒的說話聲自狄念祖身後傳來。

「喔？」狄念祖有些訝異，回頭只見貓兒倚在門邊，身旁還跟著月光。

「嗯……躺了很久，睡不著……」狄念祖抓了抓頭，有些尷尬，他朝月光苦笑了笑，說：「剛剛鬧彆扭是我不對，妳別放在心上。」

「我……我是來向狄道歉的。」月光怯怯地說：「貓兒姊說得沒錯，我沒考慮到狄也有自己的事情要做，卻要配合我四處奔波，甚至遇上危險……」

「哈。」狄念祖聽月光這麼說，反倒有些難為情，他故作輕鬆地扮了個鬼臉說：「幹嘛這麼說，我是妳的俘虜，身分是軍糧，哪有將軍向軍糧道歉的道理。」

「不……」月光搖搖頭，說：「我將狄當成朋友，而不是糧食……所以……以後我想向你買你的血，也不會限制你的行動，狄你可以去你想去的地方，做你想做的事。」

「向我買？妳哪來的錢？」狄念祖有些哭笑不得。

「嗯……貓兒姊說我可以在壽爺的餐廳打工……」月光認真地說：「我本來以為可以陪著果果待在這裡，但剛剛聽大家說這個地方不再安全，三天後的計畫如果不能成功，麥二可能也要離開這個地方……」

「三天後？」狄念祖瞪大眼：「妳們真的要幫麥二去搶大哥？連時間都定好了？」

「是啊。」貓兒點點頭，說：「三天後，威坎會帶著一批手下前往南邊袁家叔伯輩的武裝監控基地談投誠的計畫，麥二計畫直接殺去威坎的地盤，殺了那個女人。」

「殺了那個女人？」狄念祖不解地問：「什麼女人？他不是要搶大哥？」

「聽說她和我們一樣是新物種，從聖泉實驗基地逃進三號禁區，被這些傢伙俘虜回去，結果麥老大愛上她，時時刻刻和那女人膩在一起。聽他們說，麥老大的衰竭正是從那時候開始的，有些人懷疑那女人根本就是袁家派來離間三號禁區的內鬼，威坎能夠這麼名正言順地挾著麥老大，也正是那女人支持威坎的緣故。」

「如果是這樣……」狄念祖說：「你們三天後的行動將很難成功。」

「你不看好麥二的計畫？」貓兒這麼問。

「一路上聽他講話，就知道他是個只會耍帥的笨蛋。」狄念祖毫不掩飾他對麥二的反感。「一個只會耍帥的笨蛋規劃的計畫，失敗的可能性當然很高。」

「重點是……」狄念祖繼續說：「威坎對麥二難道毫無戒心？麥二是麥老大的弟弟，在威坎找到理由之前，當然不能動麥二。但如果麥二去殺他哥哥的女人，威坎不就師出有名？麥二現在是三號的指標人物，逮到麥二，剛好拿來獻給聖泉當賀禮。如果我是威坎，我會故意設計陷阱，讓麥二自投羅網。」

「這一點大家都想到了。」貓兒苦笑了笑說：「但麥二對自己很有信心，他說除了以前的麥老大，沒人打得過他，他自認天下無敵。」

「看吧！我對他的評語正確無誤。」狄念祖哈哈大笑，又說：「但他笨，你們不必陪他送死。」

「……」貓兒嘆了口氣，說：「問題是這次袁家叔伯輩聯合三號禁區要對付袁大哥，這確實也是我們的事，向城本來就是張經理的得力助手，酒老和張經理有協議，他早將命賣給了張經理，而我們則願意替酒老賣命。」

「狄，你不用擔心。」月光說：「你不用參與，麥二會安排安全的地方讓你先躲著，到時候我也會派糰糊保護你。」

「派糰糊保護我？我看他對我的威脅最大。」狄念祖攤了攤手，說：「這次的事我確實不想參與，我和麥二沒交情，我不想幫他，且坦白說，如果我不參與，你們的戰力更強，我不想當個拖油瓶，但我可以提供你們意見，這兩天如果有新消息，歡迎找我商量……」

「要不要幫你整理一下頭髮？」貓兒突然這麼說。

「好啊。」狄念祖點點頭，撥了撥他那頭及肩亂髮。

「月光，能幫我找把剪刀來嗎？」貓兒對月光說。

「喔……好的……」月光點點頭，轉身下樓。

「妳有其他事想跟我說？」狄念祖呆了呆，明顯看出貓兒是有意支開月光。

「就當我雞婆吧，你自己應該也知道剛剛的態度，很……」貓兒笑了笑，說：「你喜歡上月光了，對吧？」

「不，妳在說什麼？」狄念祖想不到貓兒如此單刀直入，連忙搖頭。「我對她……她一開始把我當成飯，現在也只是把我當朋友，我不會喜歡她的。」

「你敢否認你確實有心動？」貓兒說：「你僅是心動，卻不想和她更進一步，是因爲你不把她當人看，你覺得你和我們不一樣，你是人，我們是怪物，對吧？」

「不不……」狄念祖連連搖頭，說：「我沒有這樣想……」

「我只是想提醒你，假如你對月光沒意思，那你就喪失了吃醋的權力。月光是個獨立的個體，你不愛她，別人當然可以愛她，她也可以愛上別人，你不主動，就別眼紅別人太積極囉。」貓兒淡淡地說。

「……」狄念祖默然一會兒，才說：「老實說，之前我並沒有想過這些問題，或許這些時間朝夕相處……讓我對她產生了其他感覺，但我想我需要時間想仔細一點。」

「想仔細點好。」貓兒點點頭說：「其實我要說的是，我不能忍受有人將我們這些新物種當成取樂的玩物，玩完了，棄之如敝屣。你可以將月光當成情人，也可以將她當成好朋友，但你可不能騙她、玩弄她，我不會坐視不管喔。」貓兒這麼說時，神祕地笑了笑，舉起右手，以食指和中指作勢剪了剪。

狄念祖哈哈一笑，說：「她眞的很好騙，我要騙她，早就那麼做了。但我不是那種人，妳大可放心。」

貓兒也跟著笑了，然後他們絕口不提這件事，聊起一些關於鬼蜥、青蜥、小次郎和豪強的趣事。

月光持著剪刀回來後，和貓兒一同替狄念祖剪了個清爽的平頭。

糨糊聽說狄念祖要剪頭髮，便一路跟著月光過來。他沒了發聲系統，不能說話，似乎沮喪許多，不像以往那樣躁動，但他還是默默拾走狄念祖那散落一地的頭髮。

□

碰碰！

碰碰碰碰！

碰碰碰碰碰碰！

狄念祖睜開眼睛，突然覺得胸口發出陣陣疼痛，他的心跳激烈得過了頭，而他的四肢痠軟而無力。

一隻貓站在他胸口上。

是傑克。

傑克的爪子抓著一只針筒。

「是你！」狄念祖駭然大驚，甚至以爲自己在作夢，但傑克對他比了個「別說話」的手勢，接著將針筒插進他胳臂裡。

「唔……」狄念祖無力反抗，他覺得身體不像是自己的了，怪異的感覺從四肢到五臟六腑中透出。他虛弱地罵著：「你……又在搞什麼……我他媽……上輩子是欠你……多少錢？一次又一次害我？」

「小狄，你眞的讓我太傷心。」傑克抓著針筒，緩慢地將針筒內的藥液注射進狄念祖體內，一邊說：「我千里迢迢、跋山涉水，一路找到這裡，爲的就是救你一命，但你見了我，不但沒向我說『好久不見』，反而罵我，你太過分了！」傑克說完，抽出針筒，揮動貓爪，在狄念祖臉上拍了兩巴掌。

「我去你的……」狄念祖惱怒地問：「你在我身上動了什麼手腳？你怎麼會來到這裡？」

「臭小狄又罵我！」傑克喵喵幾聲，又賞了狄念祖兩巴掌，接著說：「事情一件一件講，比較容易明白，我們得先討論你的態度。」

「傑克，別浪費時間，先講狄公子的身體。」傑克背上的小背包中傳來水頭陀的聲音。

「不！」傑克十分堅持。「我一定要先從小狄的態度問題談起，這是很重要的問題，我覺得小狄根本沒把我當朋友。」

「傑克，是我不對，我向你道歉。對不起，你是隻好貓，我剛睡醒，有起床氣，你可以再多打我兩下。」狄念祖聽水頭陀提及他的身體，也急著想知道下文。他一點都不想和傑克浪費時間爭辯，便主動認錯。

「哼。」傑克扠著手，說：「你的道歉來得太突然而且太突兀，我很難接受。」

「什麼？」狄念祖強忍著怒氣，說：「我道歉也不行？」

「這樣我沒有贏的感覺。」傑克說：「你得先死鴨子嘴硬地辯解，然後被我曉以大義，最後無話可說，誠懇地向我道歉認錯。」

「我……我現在就無話可說了，傑克，你的批判一針見血、正確又直接，我百口莫辯啊……」

「嗯，這也有道理，這還差不多。」傑克哼了哼，跳下狄念祖的胸口，說：「你試著坐起來看看。」

「我……我坐不起來……」狄念祖費力地挪動自己的手和腳。「我的身體怎麼了？」

「狄公子，你體內的長生基因出了問題。」水頭陀這麼說：「還記得之前你在寧靜居做的檢查嗎？報告出來了，長生基因無法和你的身體完美融合，情況變得很不穩定，這會使你身體產生異變……」

「異變？什麼異變？」狄念祖好不容易撐起身子，靠牆坐著，突然摸著自己的頭髮，發現已垂到胸口，不由得大驚失色。「我的頭髮……下午才剪過，長得更快了？

啊！我的手……」

狄念祖接著發現，自己的手毛也濃密了數倍，他急急地問：「怎麼會這樣？」

「我們研判……」水頭陀欲言又止。

「你的身體本來就不適合長生基因。」傑克插嘴。

「很有可能是因爲……長生基因在注射進你體內之前就已經變質了……」水頭陀說。「主人那時逃得倉促，保存長生基因的容器和上頭的儀器精密且脆弱，可能是因爲碰撞而損壞，溫度、濕度一旦產生變化，基因也會跟著變質……」

「什麼！」狄念祖驚駭地說：「所以……你們打進我體內的長生基因，是壞掉的？」

「不是壞掉，小狄，你不要冤枉我。根據我的判斷，是你的身體本身有問題。」傑克氣呼呼地拍著背包，對裡頭的水頭陀說：「水頭陀，你不要說這種會令人誤會的話，是小狄自己不好，沒把身體保養好。」

「你……」狄念祖努力壓抑住破口謾罵的怒氣，低聲問：「那麼，你剛剛替我打的又是什麼？」

「那是莫莉調配的控制藥劑，你必須每隔十二小時注射一管藥劑，才能使你體內的長生基因穩定下來。」水頭陀這麼說。

「什麼！」狄念祖惶恐地問：「如果沒打針，我會死嗎？」

「不不不，你不會死……」傑克說：「現在只是你體內的長生基因不受控制，你有時會覺得很嗨、很興奮，心跳會加快，你會感到血管燒起來了，接下來你會全身無力，你的心臟會超出負荷，一些比較脆弱的血管會漸漸爆裂。但你不會死，因爲你的長生基因會開始治療這些爆裂的血管和損壞的心臟，嗯……差不多就是這樣的情形不停循環……嗯，還會長出一些不該長的東西……」

「長出一些不該長的東西？」狄念祖喃喃自語，果然感到身體熱烘烘的，體內的血液以更快的速度流動著。他緊張地摸索自己全身上下，目前他身上除了過度增長的毛髮，尚未長出其他東西。「我身上還會長出什麼？」

「等長出來你就知道啦。」傑克攤攤手說：「只要小狄你乖乖打針，就沒這個問題啦。」

「我要打一輩子的針？」狄念祖盯著傑克，他覺得怒火快要滿出來了。

「不，狄公子，我們有辦法治療你的身體。」水頭陀說：「但這是個大工程，需要進行基因改造，且需要完整的長生基因樣品，所以……」

「所以我得盡快破解檔案，好讓你們取得聖泉的機密資料，研發出長生基因，才能救自己一命？」狄念祖冷笑幾聲。

「臭小狄，你說的好像是我故意把壞掉的基因打在你身上，逼你解開密碼一樣，我傑克可沒有這麼陰險！」傑克怒氣沖沖地說。

「狄公子，我們沒有必要這麼做。如果我們的目的只是取得長生基因，那當初也不必將長生基因注射在你身上了，即使是變質的基因，也具有研究上的價值，當時傑克和我的行徑或許魯莽且不智，但確實沒有一絲對你不利的意圖。」水頭陀誠懇地說。

「唉……」狄念祖不再回答，伸手摸著自己的臉頰和胸口，他的臉上和一些本來無毛的地方也生出了毛。「看來我要變成猩猩啦？」

「狄公子，毛髮增生只是小問題，只要解決體內的長生基因異常問題，再透過簡單的療程，就能讓你恢復原來的外貌。」

「你們怎麼會找到我的？」狄念祖問。

「現在外頭發生大事了。」水頭陀說：「你們上山的消息，是張經理透露給我們的。」

「什麼！」狄念祖有些訝異。「張經理怎麼會和你們聯絡上？你們不是勢不兩立？」

「很簡單，因爲張經理有大麻煩啦！」傑克說：「袁家叔叔伯伯聯合袁老二、袁老三，一起向袁大哥控訴張經理，要袁大哥給個交代。」

「他們控訴張經理什麼？」狄念祖問。

水頭陀答：「他們把張經理這些日子與吉米之間的互鬥加油添醋，指控成兩人間的私人恩怨，他們想拿吉米換張經理，將兩個人都開除。」

「嗯。」狄念祖沉思半晌，點點頭說：「這招還挺狠的。吉米是個能幹的無賴，就算沒有正式職務，還是可以稱職扮演一條走狗。但張經理只是個老實人，連耍狠都不會，如果解除職務，失去大權，就毫無威脅了。」

「張經理本來準備了各種資料，包括袁唯、袁燁，以及袁家叔伯這些年來各種見不得人的行徑，打算在股東會議上一口氣全攤出來，但這麼一來，便很有可能使聖泉正式分裂，甚至會危及袁大哥的安危，所以他一面親自向袁大哥坦白他一切行動和目的，讓袁大哥做好心理準備，同時透過層層關係找上我們，希望能替我們和袁大哥事先打好關係。」水頭陀繼續說：「張經理的計畫是當袁家叔伯連同袁唯、袁燁共同對付袁大哥時，袁大哥能全身而退，帶著旗下研究室自立門戶，和康諾博士的勢力一明一暗，與那些野心家抗衡。」

「嗯……」狄念祖點點頭，又問：「那你們知道三號禁區現在發生的事嗎？」

「三號禁區發生什麼事？」傑克問。

狄念祖稍微花了點時間，向傑克和水頭陀說明當前三號禁區的紛爭，以及酒老頭等人的計畫。

「原來是這麼一回事啊。」傑克聽完，拍了拍背包，說：「水頭陀，所以我們該出手囉？」

「應該請示主人。」水頭陀答。

「好吧，我也很想念主人的聲音。」傑克這麼說，躍上窗戶，準備離開。

「等等！」狄念祖急忙喊住傑克，說：「你現在要趕回寧靜居？那我呢？」

「對喔，差點忘了小狄你的針。」傑克從背包裡掏出一只針筒，拋給狄念祖，說：「這次來的人不只是我和水頭陀，我們在五公里外設立了隱密的據點，我得將三號禁區的情形告訴夥伴們，再打電話問主人決定怎麼做。」

「打電話？山上所有的基地台都被聖泉控制，你怎麼和你的主人聯絡？」狄念祖問。

「我們帶了自己的小型基地台呢。」傑克信心滿滿地答：「訊號是特別加密過的，笨聖泉才攔截不到，你不用害怕，明晚這個時候我再來看你。」

「等等！」狄念祖見傑克就要跳窗，連忙問：「你們不怕碰到聖泉的武裝部隊？或是被三號禁區的人逮著？要我先知會麥二他們嗎？」

「才不用。」傑克哼哼地說：「我們哪有這麼容易被逮著，小狄你乖乖等著，別打草驚蛇！」

「嘖！」狄念祖見傑克躍出窗外，趕緊掙扎站起，湊到窗邊東張西望，已不見傑克蹤影。他在窗邊思索半晌，本來想將傑克捎來的消息知會大家，免得到時候麥二等人和寧靜居的人馬狹路相逢，無端惹出紛爭，但他轉念又想，寧靜居這批人馬既然有備而來，而且是打著張經理的名義上山，即便兩邊撞上了，話說開也就沒事了。相反地，三號禁區這些傢伙心高氣傲，要是知道有新的人馬闖上山，或許會想來個下馬威，像綁架自己一行人一樣地先將對方綁了再來談合作，反而麻煩。

他左思右想一番，低頭見自己雙臂外側生出些兩、三公分的長毛，扯開衣領，見到一身濃密胸毛，再摸摸臉頰和腦袋上的濃密毛髮，不禁再次嘆氣，湊著窗外月色，仔細端詳著手中的針筒，心想現在最先擔心的，應該是自己的身體才對。

CH04 小診所的密談

小小舊舊的二樓建築，曾是這座山間小鎮上唯一一間診所。

此時裡頭堆滿了古怪的設備和儀器，大都是三號禁區成員在與聖泉交戰時奪下的戰利品。

診所裡瀰漫著濃濃的雞湯香味，氣味來自於角落一只小爐，痲子婆正在那兒燉著一鍋湯。

果果坐在床邊的凳子上，默默望著床上的阿嘉。

此時的阿嘉身子看起來小了一號，頭上、背上的控制器全被拆下，自傷口處穿出的各種線路，連接著一台大型儀器，他的斷膝和碎了的一手裹著石膏。他現在和古奇一樣有四隻手，但左肩頭上方和右脅下還各有一處隆起；一個完美的阿修羅兵器，能夠自由操控自己六隻手臂和身上肌肉強度，甚至是骨骼結構。但阿嘉是個瑕疵品，在失去了特殊的營養補給之後，便像是洩了氣的皮球，從一個兩公尺高的巨漢變回少年體型，外貌看起來像個病重的國中生。

「情形怎樣？還是沒醒？」麥二望著靜靜沉睡著的阿嘉。

「我不懂怎麼用這東西。」古奇攤攤手，指著那大型儀器，說：「這東西只有威坎爺才會用，我只能繼續麻醉他。」

這機器是聖泉用來培育生物兵器的腦部儀器，能夠培養個性、灌輸知識，甚至改造記憶。

「所以等會的行動，這傢伙幫不上忙了。」麥二這麼說。

「別說等會，他之後能不能醒來還不知道。」古奇埋怨地說：「你出手太重啦。」

「我出手要是輕了，躺在床上的可能就是我了。」麥二摸了摸自己的臉，他額頭上的腫包還沒全消。「這傢伙厲害得要命。」

「把一個孩子搞成這樣，應該說聖泉惡毒得要命。」麻子婆在一旁插嘴。

「酒老，你的人準備好了嗎？」麥二轉頭問著倚在門邊的酒老頭，酒老頭沒答話，只是點了點頭。

「那好，集合大家吧。」麥二揚了揚手，對著古奇和麻子婆說：「兩個小孩交給你們了。」

「二哥，你放心吧。」古奇點點頭。「其實麻子婆可以一塊去。」

「我怕這小孩突然醒來，你不是他的對手。」麻子婆凶巴巴地說。

「他要是真醒來，就算多了麻子婆，也不是他的對手啊。」古奇嘻嘻笑著說。

「別囉嗦了，等我回來吧。」麥二這麼說，轉身走出診所。

診所外的一小片空地，聚集了包括貓兒等華江賓館和這批三號禁區成員共四、五十人，他們花了半小時再次討論作戰計畫，然後浩浩蕩蕩地出發。

臨行前，幾個人來到那閒置的民宿前，對著窗喊：「喂，長毛小子，我們走了，現在開始你自由了，你可以隨意下山，或者乖乖等我們回來，自己選吧。」

「狄，你別亂跑，等我們回來。」月光這麼喊著。

「啊……」狄念祖從窗邊探出頭來，儘管他今早才剪過頭髮，此時又成了長髮披肩的模樣，他慵懶地向樓下眾人揮手致意。「慢走啊。」

「公……」糨糊也湊在窗邊，伸出黏臂揮動。「公……公……」他的發聲器官緩慢再生中，此時僅能發出簡單的音節，無法說出完整的句子。

「糨糊，保護好狄，等我回來，知道嗎？」月光朝糨糊喊。

「知……知……」糨糊大力點頭。

「別囉嗦了，來討論正經事吧。」狄念祖拍了拍糨糊，喊著他來到桌邊。

「還記得我跟你說的事嗎？」狄念祖望著糨糊。

「記……啊啊……呃呃……救！」糨糊點點頭，神情顯得有些興奮，抖了抖身子，抖出一堆刀械，持在黏臂上揮舞半晌，迫不及待想要趕快衝下樓。

「別急啊，等他們走了再說！」狄念祖喊回糨糊，將自己的電腦收拾妥當，揹在背上，湊到窗邊，見麥二一行人浩浩蕩蕩地往威坎據點的方向趕去。

狄念祖取出手機，撥了個號碼，對著電話那頭的傑克說：「是我，他們行動了。」

電話是傑克給狄念祖的，這兩天來，寧靜基地的人已經將特製基地台向前推進了數公里，讓狄念祖能夠隨時和傑克以及基地中的人交換情報。

狄念祖在這裡見到傑克的第一晚時，還猶豫著不知該不該將寧靜基地上山的消息告知麥二和酒老頭，但是當他陸續從傑克口中得知更多驚人情報時，他便產生了主動出擊的念頭。三天來，他表面上裝出一副漠不關心今晚行動的模樣，實際上卻日夜與傑克交換情報，共同計畫行動。

他知道自己需要個幫手，於是主動向月光討了糨糊當作貼身保鏢，他看中糨糊不能說話不致於走漏消息，花了大半天的時間編了一套能讓糨糊理解的故事，遊說糨糊參與，代價是一輛能夠讓小孩上車駕駛的玩具汽車、遙控飛機，以及一整套模型火車組合，當然，還有最冠冕堂皇的理由——保護公主。

狄念祖成功地使糨糊相信，麥二只是個力氣大的笨蛋，他的計畫會害月光陷入險境，所以狄念祖和糨糊可不能只待在這小房間裡，必須在麥二等人出發後，也同步上路，搶先一步替公主剷除路上的危機。

比起和狄念祖待在房內大眼瞪小眼這樣無趣的命令，新任務不但刺激，且能保護公主安危，更能獲得豐厚的汽車、飛機、火車等玩具作爲報酬；糨糊義無反顧，完全願意配合狄念祖的指示。

「出發。」狄念祖揹上背包，朝糨糊招了招手，領著他下樓，準備展開計畫裡的第一個關鍵步驟。

他們來到小診所外。

狄念祖推開門，走進去。

「你來做什麼？」果果、麻子婆和古奇同時望著狄念祖。

「麥二說，我可以走了。」狄念祖聳聳肩，說：「我來和你們打聲招呼。」

「你真的要自己走？」果果有些訝異，自椅子上跳了下來。「你不怕遇到聖泉的追兵？」

「怕啊。」狄念祖這麼說，一面在小診所裡翻翻找找。「所以來找看看有沒有能夠當成武器的東西。」他抓起一只鐵罐，晃了晃，像是不滿意，又拿起一張小凳高舉過頭，作勢砸人，仍不滿意，最後來到痲子婆身旁，望著那鍋雞湯。

「你做啥？要武器去警局找，要滾快滾，想找死誰也攔不了你。」痲子婆怒叱。

「喔。」狄念祖也不以爲意，轉身向糨糊說：「借我點黏團當成拳套好了，至少能保護手。」

糨糊二話不說，甩出黏臂，在狄念祖右手裹上一層拳套。

「你想要做什麼？」果果瞪大眼睛，不解地望著狄念祖，她察覺到糨糊和狄念祖之間那種莫名的默契，知道狄念祖不僅心中有所圖謀，且要展開行動了。

「這小子要睡多久，他不會醒了嗎？」狄念祖沒有回答果果，只是向她眨了眨眼，接著繞到床邊，望著那儀器。

「喂，這東西很珍貴，不能亂碰。」古奇見狄念祖要伸手按儀器上頭的按鈕，急忙一把拉住他。

轟！

古奇下巴中拳。

同時，糨糊甩來數條黏臂纏上古奇四肢，將他高高舉起，轟隆砸在地上。

「你！」麻子婆駭然尖叫，揮出觸手，要鞭打狄念祖。

狄念祖早有準備，他從口袋取出一柄剪刀，抵在古奇右眼上，大喊：「別又刺我啊，要是害我手軟，剪刀就掉進他眼睛裡了！」

「你……你做什麼？」古奇在毫無防備的情況下，下巴捱了記卡達砲，幾乎要腦震盪了，再被糨糊這麼一摔，根本毫無力氣反抗。

「小子，你到底想幹嘛？」麻子婆大罵。

「我想讓妳知道，這小子其實跟威坎比較要好，妳聽了就知道。」狄念祖拋下剪刀，從口袋取出手機，高高舉著，按下播放鍵。

「你說什麼？」麻子婆又驚又怒地說，但狄念祖調高擴音音量之後，麻子婆便瞪大了眼睛，一句話都說不出來了。

那錄音內容是古奇和威坎的通話，三號禁區的成員爲免訊號被聖泉攔截，因此一直不肯使用先進的通訊設備，但威坎既已和袁家叔伯輩合作，在對方暗中的資助下，便開始使用手機。

「他是威坎安排在麥二身邊的臥底，威坎早就知道麥二今天的行動了。」狄念祖快速補充：「你們以爲威坎今晚會帶著麥老大下山，所以想半路突擊搶人，其實麥老大還在威坎的據點裡，由那女人負責看守，威坎早在路上設了埋伏，要引誘麥二上門。」

「什麼？你……你聽誰說的？」麻子婆怒叱，一時間還無法接受古奇是威坎的人。

「聽他說的啊。」狄念祖晃了晃手機，指指古奇，說：「張經理另外派人上山，他們有自己的行動基地台，攔截到古奇和威坎的通話訊號，我才知道臥底就是古奇。麥二走得那麼急，大概再過二十分鐘就要中計了。」

麻子婆駭然大驚，急急忙忙跑到古奇身邊，厲聲問他：「古奇，跟婆婆說，這小子說的是不是眞的？」

「這……」古奇支吾半晌，漲紅了臉，說：「不……不是他說的那樣。」

「那是怎樣？」狄念祖說：「你要怎麼解釋這個錄音呢，說我造假嗎？繼續聽下去，更後面還有你的計畫喔。」

狄念祖轉頭，指著堆在角落桌子上那盒甜點，對麻子婆說：「這小子本來打算等你們走了，用那些摻有安眠藥的甜點迷昏果果，將果果和阿修羅一起帶去獻給威坎，但是麥二要妳幫忙看守，古奇只好改變計畫，打算趁妳不注意把安眠藥摻進雞湯，連妳一起迷昏。」

「什麼……」麻子婆驚怒交加，瞪著狄念祖。狄念祖不等她質問，搶著說：「聽說藥量下得很重，我是不知道啦，但那些甜點是古奇親手準備的吧，讓他自己吃下，就知道我說的是眞是假啦。」

「哼！」麻子婆怒喝一聲，猛一揮手，大袖底下竄出一條觸手，將那盒甜點捲了過來，揭開盒子，裡頭是一些手工糕點。她捏起一塊糕點，往古奇嘴巴湊去，再見到古奇淚水在眼眶裡打轉，她突然朝糨糊大喝：「放開他！我們山上的事，哪輪得到你們這些外人插手！」

「糨糊，放開他吧，讓婆婆忙，我們做自己的事。」狄念祖向糨糊使了個眼色，接著取出手機，撥給傑克。「帥貓，我這邊差不多了，阿修羅在，果果也在。」

「古奇，讓婆婆瞧瞧他們說的是不是真的。」麻子婆牽起古奇的手，將糕點放在他手上。

「……」古奇盯著那塊糕點半晌，拋下糕點，哭喊起來：「婆婆，我覺得威坎爺的提議對大家才有好處……」

麻子婆的神情陡然變得冷峻，望著古奇半晌不語，突然大袖一抖，幾條觸手竄出，纏上古奇頸子。

「唔！」古奇立刻翻了白眼，沒了知覺。

「呃，妳殺了他？」狄念祖沒料到麻子婆說動手就動手，退開幾步。

「我沒殺他，只是麻醉他，我要把他囚進牢裡，然後去找麥二，你們要走就走吧！」麻子婆大喝一聲，拉著古奇站起身來，就要離開。

突然，門外一聲貓叫，傑克躍了進來，嚷嚷著：「哪裡哪裡，阿修羅在哪裡？」

「在這裡。」狄念祖喊了傑克，指著病床上的阿嘉。

「怎會那麼小一隻。」傑克喵嗚一聲，蹦上病床，對著阿嘉東聞聞西嗅嗅，說：「這是個失敗品，沒有特製的營養藥劑，他的身體會每天萎縮，最後會死掉喔。」

「這又是哪來的怪東西？」麻子婆驚訝地問。

「我不是怪東西，我是傑克，我是最聰明且英俊的貓！」傑克站起身來高聲說。傑克的關節、骨骼構造與一般貓不同，能夠擺出近似人類的姿勢與動作。傑克轉頭望著狄念祖，對他豎起大拇指說：「小狄，剛剛你在電話裡叫我『帥貓』，眞讓我好高興，你說話眞的很誠懇，你是個老實的人。」

「是是是……」狄念祖知道傑克囉嗦，就怕說話不中聽，惹惱了他，他又要夾纏不休，因此對話之間總不忘捧他幾句，誰知道傑克聽了好聽話，反應還是一樣囉嗦。

「婆婆，這貓是我的朋友，是張經理的人。」狄念祖這麼說。

傑克立刻大聲反駁：「不不不！小狄，你頭昏啦，誰說我是張經理的人，我的主人是田綾香大美女，我們是寧靜居的人，張經理算老幾？我是給他面子才上山的。」

「好了，你可以讓我說嗎？」狄念祖阻止傑克說話，急急地向麻子婆說：「他們是和康諾博士志同道合的一群人。」

「老康諾？」麻子婆本已不想理會狄念祖和傑克，只想儘快將古奇囚入牢房，趕去通知麥二這件事。但她剛走出門，聽見狄念祖提及「康諾博士」，便停下腳步，回頭問：「你們是康諾博士的人？」

「老女人，在回答妳這個問題之前，我們得先定義何謂『誰是誰的人』。我們寧靜基地裡的所有人……」傑克似乎不滿意麻子婆稱他爲「康諾博士的人」，他清了清喉嚨，準備大發議論。

「水頭陀，你他媽睡著了？快出來幫忙，別讓這隻王八蛋貓一直搗蛋！」狄念祖對著傑克怒叱，接著對麻子婆說：「麻子婆，妳去只是送死，唯有我們合作，才能保住妳的同伴，搶回麥老大！」

「小狄，你……」傑克啊呀一聲，怒氣沖沖地罵：「你說話反差爲什麼那麼大，你剛剛不是才叫我帥貓？我也稱讚你誠懇，爲什麼一下子又罵我『王八蛋貓』了呢？啊？水頭陀你幹嘛？」

傑克感到背後背包竄動，水頭陀自裡面扯開拉鍊鑽了出來，喝叱著傑克：「你忘了主人是怎麼說的？」

「主人？主人要我注意安全啊！」傑克歪著頭回想田綾香的吩咐。「主人最關心我了，主人關心我的程度大概是關心你的三倍……不，應該有四倍以上……」

「主人要你『少說多做』！」水頭陀喊著：「快帶我去喝水，然後辦正事，不然我回去跟主人說你偷懶。」

「哼！水頭陀，你一定是嫉妒主人偏愛我，所以故意幫著小狄欺負我……」傑克氣急敗壞地捧著柳橙大小的水頭陀，在診所四周找起水來，還跳到果果身前，噙著淚水說：「姊姊，有水嗎？」

果果指了指廁所方向，傑克喵嗚一聲，躍了過去。

「和你合作？」麻子婆扶著古奇，盯著狄念祖。「怎麼和你合作？啊……是了，你知道威坎的計畫，快告訴我，那老渾蛋的陷阱究竟是怎麼一回事。」

「別急，我們路上仔細說，威坎不會下殺手，只是要將妳的同伴生擒俘虜，到了明天，袁家叔伯輩的人會上山，和威坎簽合約，正式將三號禁區變更為聖泉第五研究室旗下的實驗區，威坎會成為實驗區負責人。」狄念祖這麼說。

「什麼？」麻子婆兩隻眼睛瞪得極大，大吼：「這老渾蛋，真以為自己代表整座山啦！他想要取代麥老大，當咱們的大頭目，我要去宰了他，摘下他的腦袋！」

「別急啊，麻子婆。」狄念祖這麼說：「我的計畫是，我們搶先一步，先攻回威坎老巢，將麥老大搶到手，埋伏起來。趁他們回來時再出手救人，這樣才能反將威坎一軍。」

「威坎沒帶著麥老大？」麻子婆愣了愣，本來麥二等人收到消息，今日威坎要帶著麥老大下山，向袁家叔伯輩投誠，這才有了半路攔截搶人的計畫，誰知這是威坎放出的假消息，威坎與古奇裡應外合，誘騙麥二動手搶人，目的是將麥二等人一網打盡。

「是啊。」狄念祖點點頭。「麥老大現在情況不太妙，一直在威坎那兒，由那個女人看守……坦白說，我一直不知道那究竟是什麼女人，我只知道她叫『聖美』。」

「哼，是個花言巧語的賤人。」麻子婆翻了翻白眼。「那女人分明是聖泉派來的內鬼，迷倒了一堆男人，各個都替她賣命。啊呀，你說她現在在咱們老窩裡，好，我們趕快去殺了她！只要殺了她，一切都安寧了！」

「好。」狄念祖點點頭，回頭喊：「水頭陀，好了沒？」

「好了。」水頭陀此時已經喝足了水，體型有成年男人那麼高大，他揹著阿嘉，踏出診所。

阿嘉身上幾處傷口中的裸露線路，此時被水頭陀轉接在一只小型儀器上，這是能夠暫時控制阿嘉的儀器，即便是失敗品，但阿修羅級別的兵器仍屬珍貴，因此寧靜基地想要接收阿嘉。

果果抱著傑克，跟在後頭。

「幹嘛？不開心啊，我記得妳不太願意跟著我這個鬍子人。我是無所謂啦，妳可以留下來，或者自己下山，我都沒意見。」狄念祖見到果果的神情有些不情願，便這麼嘲諷。

「哼，反正你們大人要帶我上山，我就上山；要帶我下山，我就下山。我只是個小孩，只能隨波逐流。」果果這麼說。

「知道自己只能隨波逐流，那最好識相點。人總是有起有落，要是見高就拜、見低就踩，說不定哪天能夠幫助妳的人，剛好就是以前被妳踐踏過的人呢。」狄念祖哼哼地說。

「知道啦，鬍子帥到不行的帥鬍子男，是我小看你了，你最有本事，你不要和我這個小女孩計較啊。」果果沒好氣地說，一邊摸著懷裡的傑克，傑克接連受到狄念祖和水頭陀斥責，此時鬧起彆扭，把任務全交給水頭陀，懶懶窩在果果懷裡當隻家貓，什麼都不管了。

狄念祖望了望痲子婆，說：「大家出發吧，一小時後，在威坎老巢外和寧靜居的人會合，一起攻進去。」

CH05 路口巷戰

「把話傳下去，他們一過路口，我下令，大家就上。」

麥二像頭殺氣騰騰的雄獅，彎低了身子，埋伏在一棟民宅的頂樓圍牆邊緣，盯著自數十公尺外那條小道趕來的人馬。

數十名三號禁區夥伴，以及酒老、月光、貓兒等人十分鐘前便已分散躲入這十字路口周遭的民宅、雜貨店和防火巷裡，等待麥二的命令。

這些民宅大都已經廢棄，小鎮上的住民早在三號禁區成員入侵時就撤離下山了。

一隻小麻雀機伶地低飛繞竄，將麥二的指示傳給眾人。

「沒問題！右哥和我，就像是一把箝子，狠狠剪斷他們！」左哥與一批夥伴藏身在十字路口左側的廢棄雜貨店裡，伏在一堆空箱之後。

「看我們的！我和左哥會把威坎的隊伍搞得七零八落！」右哥與一批夥伴躲在十字路口右側的民宅二樓中，民宅二樓的窗上貼滿了舊報紙，他們透過報紙間的縫隙往外偷瞧。

「好。」琅琅、飛雲和蛙娘埋伏在通往十字路口的長道尾端數間民宅內，等著左哥、右哥左右衝亂威坎隊伍之後，準備向隊伍尾端發動奇襲，劫走麥老大。

「嗯。」酒老向小麻雀點點頭，對身後貓兒、四角等華江賓館等人使了個眼色。他們藏匿在通往十字路口的長道中段，負責圍攻威坎，往前支援左哥、右哥，往後支援琅琅。

「月光，見到了嗎？帶頭那傢伙叫大和，我來對付他，其餘的交給妳。」

麥二指著自遠方而來的隊伍前方，那個與自己同樣高大的男人。

那叫作大和的壯漢有張國字臉，頭髮火紅倒豎，紮著個沖天炮頭，下半身是獸身，狀似希臘神話中的半人馬。大和雙手各持著兩柄成人大腿粗的木棒，上頭綁著數根削尖的鐵管，看起來就像放大數倍的狼牙棒。

大和身後跟著數十頭怪模怪樣的雄猛巨獸，有些腦門上還裝著接收儀器。這些巨獸有些是自聖泉武裝部隊中俘虜而來，有些是當年南極基地一同逃出，又與其他野獸雜交之後生下的後代。

怪獸隊伍後頭，又跟著兩、三條隊伍，有些拉著幾車儀器，有些揹一些鋁製箱盒，這些大都也是三號禁區歷年來自聖泉部隊手中劫掠所得的戰利品，有些是珍貴的基因樣品，有些是高科技武器。

更後頭一輛手拉車上，坐著兩個人，一個身材瘦長、駝背嚴重、頭髮稀疏、皮膚枯皺，看起來像百歲老人，那是麥老大。

麥老大歪斜著頭，眼神無光，茫然地望著遠方。

另一個也是老者，身形渾圓矮小，同樣駝著背。他站在拉車上，和坐著的麥老大差不多高，持著一根粗實的拐杖，有節奏地點著地，便是三號禁區的首席軍師——威坎。

威坎一會兒探手望望前方，一會兒湊在麥老大耳邊嘰哩咕嚕地講著悄悄話。唯有這時，麥老大的眼神才會隱隱透出神采，微微地點點頭。

「就是現在。」麥二自那三層樓高的樓頂站起，仰長了頸子，發出大吼。「大哥，我來接你回家——」

麥二高叫的同時，高高躍了起來，像隻威風凜凜的巨鷹，從天而降，直取大和腦袋。

「麥二！」大和像是早有準備，他高抬身下的獸身前足，後足撐地立起，一根狼牙棒向上轟撩，氣勢如同一枚沖天火箭。

「喝！」麥二高舉的拳頭轟隆隆地變化暴漲，本來便遠大過一般成年男人的那雙大手，此時變得更加凶猛巨大，尺寸直逼小型挖土機的怪手大小。

轟！

大和揮去的狼牙棒被麥二巨爪擊飛脫手。他立刻揮出另一根狼牙棒，往麥二身軀攔腰掃去。

麥二在空中猛一扭腰，閃過掃擊，一落地，兩腳踢翻兩頭巨獸，低頭看了看腰間被狼牙棒尖銳鐵管劃傷處，伸手抹了抹，放入嘴巴一嚐，嘿嘿笑了笑，說：「大和，以前我們都打著玩，現在打眞的啦。」

「二哥，我們眞打，你就不能像以前那樣讓我啦。」大和面無表情，單手橫舉著狼牙棒，前足抬起，後足撐地立起。他這麼一站，體型變得更加高大，足足有三公尺高。

「否則，你會死。」

「你別怕，我不會打死你！」麥二大笑，高聲一喊：「兄弟們，還等什麼，出來吧，接大哥回家啦！」

麥二大喊的同時，身子爆竄衝出，大和身後數頭巨獸怒吼著衝來，全被麥二大爪撩翻在地。他幾步衝近大和身子，兩隻巨大怪手緊握成拳，朝大和轟去。

大和也不後退，他抬起的獸身前足骨節扭轉、快速變形，化成兩個大怪爪，再加上一隻空手、一根狼牙棒，轟隆隆地與麥二互擊。

數秒之間，麥二與大和互揮出四、五十拳，多數落空，麥二身中三爪兩拳一棒，冷笑著抹抹血，繼續向前；大和捱上五、六拳下來，左胸肋骨裂、右前足爪折斷，開始後退。

「喝！」麥二陡然伏低，將身子壓得極低，竄到大和後腿處，大爪一撩，將大和撩倒。

大和立刻翻轉身子，以前足和雙手撐地，兩隻後腿猛力一蹬，猶如巨砲擊發。

「又來這招！」麥二哈哈一笑，看準了大和蹬來的右後腿，右手一張，抓住了大和右後腿，接著左手一揚，要抓對方緊接而來的左後腿。

以往他和大和過招，大和接不住他的重拳，便會蹬出更加強悍的後腿，麥二也總會接下他兩隻後腿，表示自己力量更強大。

但這次他沒接著。

僅僅是些微的差距，他的左爪被大和左後足蹬在腕上，沒抓著，大和立時收腿。

再蹬。

正中麥二胸膛。

麥二身子飛騰起來，摀著胸口，在空中踩過幾頭巨獸，正有些後悔自己過於大意，卻又在落地時沒站穩，狼狽地摔倒在地。

「哼！」麥二惱怒地撐著身子，正想大開殺戒，卻感到自己撐地的胳臂微微發麻，使不上力。

「大和，你這渾蛋，你在狼牙棒上抹了麻藥！」麥二憤然大吼，猛地站起，突然只覺得奇怪，四周殺聲雖然響亮，但似乎和他想像中有些不同——

在他原先的規劃中，他一殺下，左哥、右哥的小隊便跟著殺出，截斷威坎隊伍，酒老接著衝出，三支小隊搗亂威坎大軍，琅琅便伺機發動，劫走麥老大。

但此時四周亂糟糟，威坎的隊伍並未受擾，所有人全圍著自己，左哥、右哥，酒老的隊伍並沒有殺出路口。

他們的藏身處，全瀰漫出濃濃的怪異煙霧。

麥二搖頭晃腦，還不知道發生什麼事，回頭一看，月光以及自己親率的幾個手下也沒跟上，而是受困頂樓，遭十數個威坎人馬圍攻。

威坎的手下臉上全蒙著濕布。

嗆鼻的煙霧罩住整條街。

「二哥！右哥！這裡冒出毒氣啦！」左哥怪叫著，身旁夥伴倒了一片。

不久前，左哥才聽見麥二發動攻擊，正要殺出雜貨店，店裡便炸開毒氣，伏兵自天花板和店裡更深處湧出。他們臉上蒙著濕布，手上持著武器和毒霧彈，這毒霧彈是聖泉部隊慣用的化學武器，麥二等人對付這類武器的經驗豐富，他們知道以數種植物的汁液混入自聖泉部隊身上劫得的藥料，便能夠將這些毒霧彈的殺傷力減至最低。

但現在敵人臉上蒙著浸過藥液的濕布，己方卻在毫無防備的情形下遭遇毒霧奇襲。

「左哥！二哥！有埋伏，喂喂喂，小虎，是我，別咬啊！」右哥連連敗退，被威坎的人馬壓在地上一陣亂打。他們埋伏在路口二樓的民宅中，正要隨著麥二殺出，便遭到毒霧淹沒。民宅中的木造牆面像是經過特意整修改造，伏兵們躲在牆後，破牆襲出，迅速制伏了右哥。

麥二屬意的幾處埋伏地點，全是三號禁區裡的天才工匠古奇所提議的。

「大夥兒沒事吧！」酒老一行困在路口巷弄幾處民宅裡，裡頭都有伏兵。

「酒老，中計啦！」黑風怒吼幾聲，接著猛咳起來。華江賓館一行人沒有對抗毒氣彈的經驗，一下子全亂了陣腳，威坎的人馬攻打麥二手下時，總念著同是三號禁區夥伴而手下留情，但撞上不認識的陌生傢伙，出手之間便狠辣許多。

「怎麼辦？」貓兒瞇著眼、閉著氣，四處亂竄，抓倒一群伏兵，卻找不到出路，隱隱見到一面窗，便奔衝蹦去，沒料到窗上撒下網子，她衝入網中，撲在地上，外頭早已守著伏兵，亂棒齊下，將貓兒痛打一頓。

「麥二！這不是大哥！」琅琅尖叫起來，她在麥二躍下的第一時間便和飛雲殺出藏身處，回頭卻見到夥伴們遭到伏擊，一陣亂打，搶進拉車上，卻見到威坎瞅著她笑，她喊了麥老大幾聲，卻得不到任何回應。

「這是那女人的手下！」琅琅怒吼尖叫，眼前的麥老大身子快速變形，變成了一個六歲大小、模樣俊美的男童。

男童向琅琅鞠了個躬，又向威坎也鞠了個躬。

「乖。」威坎摸摸男童的頭，舉起拐杖，指著琅琅的咽喉。

琅琅想要反抗，眼前的男童雙手一舉，十隻指頭向前一竄，纏上琅琅雙腕，底下威坎人馬擁上，武器簇來，全指向琅琅要害，威嚇地說：「逮到妳啦，妳這笨女人！」

「你們和麥二都太笨啦，完全不是威坎爺的對手！」

月光在頂樓，在翻騰毒霧中與數名威坎手下遊鬥，她心中還記著事前大家的互相叮囑，這些對手不是眞正的敵人，只是意見不同的夥伴，麥二還要大家出手放輕些。月光本便善良，如此一來，下手更加溫和，持著石頭大斧掃開那些逼近的敵人，等著夥伴發出停戰號令，但越打越覺得不對勁，底下哀鴻遍野，漫天毒霧也是事前毫無預料的情形。當月光躍下街道，開始尋找夥伴時，更加迷惘茫然；滿街毒霧使她分不太清楚眼前亂糟糟的一片究竟哪些是威坎的手下，而哪些又是麥二的手下。

「咳咳……石頭……」月光跪下地，她吸進過多的毒氣，四肢已經不聽使喚。

「公主！」石頭似乎不怕這些毒霧，他快速變回原形，抱起月光，想帶著月光撤退，但四周都是敵人，他伸出的石手被那些巨獸咬斷，身子越縮越小。

接著，他見到一個五、六歲大的小男童擋在面前，好奇地盯著自己瞧。

「咦？」那小男童似乎對石頭及他懷中的月光相當感興趣，他伸出手，想摸月光。

「別……碰！」石頭的身子竄出石柱，去攔小男童伸過來的手。

「嘻！」小男童的手像液體般散開，在空中化成液態條狀，且閃耀著金屬光芒，捲上石頭揮來的石柱，綳緊。

石頭揮去的石柱登時碎成數截。

小男童撿起地上一塊碎石，放在鼻端嗅了嗅，又拿到口邊舔了幾口。

朝著石頭燦爛地一笑。

「我們來玩。」

CH06 意外的強敵

座落在山腰間的小學，外牆上爬滿了藤蔓，校園裡幾棟校舍明顯經過增建，在水泥建築外，還接連著各種木造建物。

這裡是三號禁區的總本營。

小學後門外聚著幾名守衛，正喝著熱湯，閒聊生活瑣事，都說麥二有勇無謀，會害死大家。

其中一名守衛啊了一聲，指著不遠處走來的那人，大夥兒向那望去，是麻子婆。

「耶？這不是麻子婆嗎？」

「妳怎麼來啦，妳不是站在麥二那邊嗎？」

「妳怎麼沒和麥二那大笨蛋去搶麥老大啊？哈哈哈！」

「我告訴妳，你們上當啦，威坎爺早看穿你們的詭計，現在麥二肯定吶……」這守衛話還沒說完，麻子婆一條麻痺觸手已捲上他的脖子，他驚叫一聲，身子頓時癱軟倒下。

「一陣子不見，這麻子婆脾氣更壞，說打就打！」守衛們氣急敗壞地舉起武器想要圍攻麻子婆，只見麻子婆身後快速竄來幾個大灰影，灰影如鬼似魅，動作俐落且力量強大，不一會兒便制伏了這幾個守衛。

「別殺他們！」麻子婆低叱一聲，那幾個灰影傢伙立刻停止攻擊，但仍緊掐著守衛們的要害。

「呃……這……」幾個守衛這才將制伏他們的大灰影看了個仔細，全嚇得不敢吭聲。「這……這不是夜叉嗎？」

幾個灰色的高大傢伙，一身運動服裝，戴著鴨舌帽，外貌和聖泉的夜叉部隊如出一轍，但少了股聖泉夜叉團那股冷峻感。

「你們的夜叉和聖泉的夜叉不太一樣，怎麼說呢？像是多了幾分人性，嗯，比較能溝通。」狄念祖望了果果懷裡的傑克一眼。

「不理你。」傑克撇開頭，不理睬狄念祖，他還在鬧情緒。

「狄公子，其實按照聖泉的標準，我們這批夜叉算是失敗品。」水頭陀這麼說：「聖泉要的是完全服從的兵器，他們甚至沒有將這些夜叉、羅剎視為生命，我們則將聖泉研發的夜叉基因加以改良，生產出新的夜叉，能溝通、通人性，能夠感受疼痛。康諾博士認為，戰爭無法避免，我們需要戰士；但感受得到痛苦，才能體會遏止痛苦蔓延的意義。我們每一位夥伴，都得明白自己爲何而戰。」

「嗯。」狄念祖點點頭。三分鐘前，他和麻子婆等來到離這座小學數十公尺遠的一處高坡與寧靜基地援軍會合，展開突擊威坎主營的計畫。

「威坎爲了對付麥二，幾乎出動了所有人力。這裡成了空營，裡頭大概只有少數僕役守衛。」狄念祖這麼說，接著又問麻子婆：「妳知道麥老大被軟禁在什麼地方嗎？」

「之前在那方向一間房裡，現在有沒有換地方，我就不知道了。」麻子婆抬起手，指了個方向。

「嗯。」一個身穿軍用長褲的精壯男人，滿嘴鬍碴，叼著根菸，將手中的衝鋒槍上膛，又取出一柄軍刀反握在手，向身後招了招。「動手。」

男人身後跟著兩個持槍男子、十數隻模樣古怪的猴獸，以及四個夜叉。

「阿邦哥，你想怎麼攻？」一個持槍手下問那叼菸男人。

「怎麼攻？直接攻啊！」男人曾經遭聖泉實驗室俘虜，被送入羅刹場進行活體實驗，被注入羅刹基因，卻苟活了下來，歷經苦難折磨，終於逃了出來，此後他投入反抗聖泉的勢力，現在是寧靜居的守衛領隊——強邦，大夥兒都叫他阿邦。

眾人悄悄穿過後門，突入校舍。

沿途偶爾撞見一些零星的守衛，都被四名夜叉迅速制伏。

「不是說……三號禁區古物種懷有強大力量，怎麼……看起來不是那麼一回事吶。」強邦身邊一個持槍隨從這麼說。

「哼。」麻子婆瞪了那隨從一眼，不屑地說：「厲害的傢伙都被威坎調去打麥二了，你們全部加起來，也打不過麥二，不，我看連大和都能輕易宰了你們。」

「是嗎？」強邦哼哼幾聲，嘴巴動了動，卻沒反駁些什麼。

「前面又有敵人。」狄念祖不想麻子婆和寧靜基地起了口角，趕緊指著前方一處樓梯口，那兒探出了個影子。

「咦？」眾人望去，那影子立刻縮回頭。

「那是小棕，別理他，他沒威脅。」麻子婆冷冷地說，接著大喊：「傻小棕，我們來見麥老大，你乖乖讓開，別擋路，婆婆就不打你。」

「麻子婆！」一個尖銳的聲音自樓梯口傳來。「妳怎麼來了，妳不是跟著麥二哥一齊叛變了嗎？」

「誰叛變啦！」麻子婆怒叱：「是誰說的，肯定是威坎那個老渾蛋說的是吧！」

「威坎爺不是老渾蛋，他是智多星。」那尖銳的聲音說：「妳才是老渾蛋。」

「看我扒了你的皮！」麻子婆勃然大怒，狂奔上去，甩動袖子，伸出觸手。

「救命啊，玉兒，叛徒上來了，他們來了好多人！」那尖銳聲音高揚起來。

「小棕，別跑！」麻子婆追上樓梯，突然怪叫一聲。

樓梯上方傳出了激烈打鬥聲，且夾雜麻子婆的怒叱：「妳……妳這小娃兒，原來妳有這怪異力量？」

「怎麼回事？」狄念祖等人聽麻子婆遭遇危險，趕緊追上，但樓梯上方空空如也，那襲擊麻子婆的傢伙早已不見蹤影。

「上！」強邦手一招，領著夜叉追上樓去，四處探找。

底下，狄念祖、水頭陀，以及一批寧靜基地的異獸們還擠在樓梯口，等著殺上樓。

突然兩隻猴子獸怪叫起來，牠們的身子陡然騰空，是兩條銀色繩索捲著兩隻猴子獸的尾巴，將牠們高高拉上空中。

再重重砸下地。

「那是什麼！」狄念祖等人怪叫著，紛紛散開，只見一條條銀色鞭子自上方圍牆抽下，捲起一隻隻猴獸，全用同樣的方式砸在操場上。

那些猴獸憤怒叫著，但緊接著，牠們的怒吼變成了哀號。

銀色鞭子不再捲著牠們的尾巴，而像是利劍般穿刺牠們的身體。

「到底是什麼東西？」傑克怪叫一聲，蹦出果果懷中，躍過矮牆，落在操場上，望向那銀色鞭子發動處。

一個五、六歲大的小女孩，笑嘻嘻地坐在二樓圍牆欄杆上。

「哇，是個小妹妹！」傑克喵喵叫了幾聲，只見一條銀鞭朝他打來，趕緊一蹦，避開了致命要害，但屁股又被削出一條血痕，痛得喵喵大叫。

「吼！」操場上那些被利鞭穿過身子的猴獸又紛紛站了起來，一隻隻高躍上牆，要去撲抓那小妹妹。

「上啊不死猴，抓住她！」傑克氣憤叫著。

「不死猴？這些猴獸身體裡有長生基因？」狄念祖趕到操場，訝異地問。

「哼，不理你！」傑克還記著恨，但他又忍不住糾正狄念祖：「不是長生基因，那些猴子身體上大部分的肉都是無關緊要的組織，很耐打，牠們的要害藏在屁股裡，啊呀！糟糕我講出來了！」

傑克驚慌地蹦跳著，就怕剛剛的話被那小妹妹聽見了。

一隻猴獸飛下了樓。

紅屁股上多了幾個血洞。

接著是第二隻猴獸、第三隻猴獸飛落下操場。

「水頭陀，上去幫忙！」傑克尖叫著，又翻回廊道，廊道間只剩糨糊和果果靜靜地站在樓梯欄杆前，一旁的阿嘉閉著眼睛，靠在牆上，水頭陀早已殺上去幫忙。

自二、三樓摔入操場的猴獸越來越多，屁股上全是血淋淋的大窟窿。

「這……」狄念祖也繞回廊道，見到己方只剩自己、糨糊和果果，以及一隻沉睡中的阿修羅和隻多話的貓，一下子不知所措，還搞不清楚究竟發生了什麼事，他扯開喉嚨大叫：「痲子婆！阿邦哥！水頭陀！」

「別叫了，我們上啊！」傑克尖叫著，蹦上了狄念祖肩頭，揪著他的頭髮。「快上、快上！」

「別吵！」狄念祖大罵，一面戴上他在麥二據點裡自製的簡易指虎，望了果果一眼，說：「跟著我。」

「那阿嘉呢？」果果似乎也有些害怕，她望了望阿嘉。

「對了。」狄念祖見到一動也不動的阿嘉，連忙問傑克：「有沒有辦法讓這阿修羅幫點忙？」

「這……」傑克望望阿嘉，心中似乎燃起了希望，但他又搖搖頭，說：「不行，太危險了，要是喊醒他，他可能會六親不認。」

「或許他會聽我的話……」果果這麼說，她隱約感到這地方藏著比阿嘉更加凶惡的東西。

「這……這……」傑克捧著頭，掙扎半晌，又兩、三隻猴獸慘號著被扔下了樓，他只好躍下狄念祖的肩，躍上阿嘉胸口，按著銜接阿嘉幾處傷口線路的那具小型儀器。

「哼哼！怎麼會這樣，強邦和夜叉怎麼一上去就不見了呢？水頭陀人呢？」

傑克喵嗚幾聲，催促著果果說：「快離遠點，再十秒鐘阿修羅就醒來了！」

「糨糊，過來！」狄念祖聽傑克那麼說，也喊了糨糊，眾人退到遠處，靜靜望著阿嘉。

只見阿嘉胸前上那只小型儀器亮了亮，發出了「嗶嗶」聲。

阿嘉緩緩睜開眼睛。

傑克發出嚇死人的尖叫，自狄念祖肩上彈了起來。

銀鞭穿過了狄念祖的右肩。

那五、六歲大的可愛小女孩站在廊道另一側，左手提著一只屁股被挖空了的死猴獸，右手指向狄念祖。

銀鞭是小女孩手指化成的武器。

穿過狄念祖肩頭的銀鞭，倏地捲上狄念祖身子，小女孩一把將狄念祖拉了過去。

「飯！」糨糊哇地一聲甩出黏臂想搶回狄念祖，但小女孩身手敏捷，將死猴獸向前一湊，擋下糨糊甩來的黏臂。

「咦？」小女孩瞪大眼睛，像是對糨糊的動作極感興趣，她輕笑一聲，甩了甩左手，五隻手指化成五條銀鞭。

「我們來玩。」小女孩這麼說。

「玩……」糨糊似乎感到有些迷惑，但見狄念祖滿臉痛苦地被小女孩抓著，又見他肩頭傷口流出汩汩鮮血，總算想起月光的食物正在流失中，趕緊抖了抖身子，將藏在身體裡那些小刀小鎚等武器全現了出來，身上伸出十來條捲著武器的黏臂，衝向小女孩。

「你是誰的侍衛？」小女孩閃過糨糊幾波攻擊，這麼問他，卻見糨糊不理不睬，便說：「我抓你去讓我們公主看看。」

「公……」糨糊呆了呆，突然停下動作，口齒不清地說：「主……？」

「是啊。」小女孩呵呵地笑。「你爲什麼攻擊我？我們是朋友啊？」

「喝！」狄念祖大叫一聲，一腳蹬在小女孩臉上。

這是記力大無比的卡達踢。

小女孩的腦袋整個歪到胸口。

狄念祖駭然大驚，劇痛和驚恐讓他不得不發動卡達砲，但他可沒料到自己竟一腳踢斷了小孩的頭——儘管對方只有外觀像小女孩。

驚恐的瞬間過後，是更爲巨大的驚駭。

腦袋倒轉到胸口的小女孩，皺著眉頭說：「好痛喔，你欺負我，我要告訴公主。」

「我帶你們去見公主。」小女孩這麼說，身子動了動，腦袋又翻回了原處，同時左手一揚，一條銀鞭射向果果，纏上果果腰間，將她一把捲到了身邊。

「差別待遇……」狄念祖的肩頭被銀鞭穿過，痛得滿頭大汗，他見那小女孩對待果果的動作似乎溫柔些，不由得苦笑自嘲。「這也難怪，她是小女孩，我是大猩猩，妳沒抓爛我的屁股已經待我不薄了是吧……」

砰！狄念祖話沒說完，腦門已經撞上了牆。

那小女孩顯然十分厭惡踢了自己臉的狄念祖。

「飯……」糨糊嚷嚷著，甩出數條黏臂，分別纏上狄念祖和那小女孩身子，和小女孩比拚起力氣。

「呵呵呵呵。」小女孩笑了起來，身子一抖，被糨糊捲著的地方竟化了開來，讓糨糊的黏臂融入她的身體裡，且她腰間又生出數條銀鞭，章魚似地捲來，摸索著糨糊全身上下。「哈哈，咦？你的身體怎麼那麼奇怪？你是還沒長大的小娃娃！哈哈，我要帶給公主看……哇！」

小女孩笑到一半，突然怪叫一聲，只見果果伸手捏著小女孩銀鞭一端，那被她捏著之處，發出了亮眼紅光。

小女孩尖叫著抽回銀鞭，那銀鞭卻自果果手指捏著的地方，斷了開來。

「呀！」小女孩身子一震，將狄念祖和糨糊都抛在地上，向後彈開老遠，摀著自己左手。

她的左手一點異狀也沒有，但她的表情顯然疼痛難當。

果果身下則淌著一灘如同水銀般的液態金屬，正是那圈綑著果果身子的銀繩。

狄念祖掙扎起身，只覺得肩頭發出劇痛，傷口處同樣流出銀色液態金屬，他摀著肩向後退逃，見到果果神色緊張地瞪著前方，知道果果雖然身懷烈火能力，但眞打起來，顯然不是這個怪異小妹妹的對手，他只好攔在果果身前，左手拉弓，將卡達砲上膛。

「妳逃吧，能逃多遠算多遠，這次算我自作聰明，我害了妳。」狄念祖無奈地說。

「逃得了就好啦……」果果哼哼地說。

「我生氣了。」小女孩臉色一沉，揚了揚手，幾條銀鞭狠狠甩來。

狄念祖早知道小女孩要用這招，但速度太快，他避無可避，只能抱著頭，咬著牙硬捱下這幾記鞭擊，整個人被轟進一樓的教室中。

小女孩再一記鞭擊，將糨糊打翻在地。

又一記鞭擊，直取果果腦袋。

被阿嘉接下。

「哼！」小女孩擺出拉扯的姿勢，卻拉不回銀鞭。

「妳……是誰？」阿嘉的身子比起之前縮水許多，他是個失敗的阿修羅兵器，一旦停止灌食濃縮營養藥劑，身體便會急速劣化。

傑克和水頭陀在將他抬下床前，替他注射了一劑臨時補給藥品。

「果……果果……」阿嘉望了果果一眼。「妳別怕……我帶妳……逃出去……永遠不再……見到吉米。」

果果呆了呆，原來阿嘉此時記憶錯亂，以爲自己和果果仍然在那冰冷殘酷的實驗地窖裡。

「嗯。」果果說：「她是欺負我們的壞蛋，打她，我們逃出去！」

「好……」阿嘉點點頭，說：「逃出去……我要吃糖……」

「好。」果果大力點頭。「我會給你很多糖，很多很多糖。」

阿嘉身形動了，他揪著銀鞭，往小女孩直衝而去。

「哇！」小女孩尖叫一聲，跳了起來，猛一甩手，五條銀鞭朝阿嘉射來。

阿嘉張開雙手，抓住兩條化如硬刺的銀鞭，但小腹、肩頭和大腿被銀鞭刺穿。

「喝！」阿嘉大吼，雙手施力一折，只聽見小女孩慘嚎一聲，被阿嘉抓在手上的兩條銀鞭應聲折斷。

小女孩尖叫著，想抽出插在阿嘉傷處裡的另三條銀鞭，但聽見身旁一聲大叫，一柄長鐵管自教室窗戶穿出，狠狠刺進小女孩的腦袋。

「媽的，我知道了，妳和糨糊是同一類東西！」狄念祖怒罵著：「麻子婆說的那個女人，也是聖泉的什麼狗屁奴隸計畫的產物！」

「哇！」小女孩尖叫著，她還沒來得及將三條銀鞭軟化抽出，便又讓阿嘉折斷——她就像糨糊和石頭的綜合體，能夠讓身體化為堅硬金屬，也能讓身子軟如黏液。

阿嘉向前奔衝，一記勾拳，打穿小女孩的身體。小女孩哭叫怪嚷，甩出黏臂纏捲阿嘉，但阿嘉像隻凶狠猛獸，一爪一爪地撕扯著小女孩，將她的身子一塊塊扒下。

糨糊注意到小女孩試圖撿拾那些散落在地上的金屬身體，便也甩出黏臂，將那些殘肢全搶了過來。

「呀！」小女孩的身子突然一軟，一動也不動地癱下，接著四分五裂，混著液態水銀散落滿地。

「她在那！」傑克喵喵一叫，指著廊道一角，那兒有個二十公分大小的金屬小人，急急忙忙地逃上樓梯。

「啊！那才是她的本體，好聰明的傢伙！」狄念祖怪叫一聲，氣呼呼地追出教室，原來小女孩眼見阿嘉力大無窮，要將她的身子扒得四分五裂，索性冒險將本體隨著裂塊一同被扯離，讓阿嘉的注意力放在殘存軀體上，本體則趁機逃跑。

狄念祖搖搖晃晃地追上去，那金屬小人早已逃上了樓。他轉頭，望著呆立不動的阿嘉，又望了望果果，說：「阿嘉還能不能打？我們上不上去？」

「上去！當然上去！」傑克喵嗚一聲，撲進果果懷裡，淚眼汪汪地說：「果果姊姊，求求妳……水頭陀還在上面……他是我的好朋友，還有我們的夥伴都在上面，阿修羅很厲害，求求妳指揮阿修羅……救救大家……」

「阿嘉……」果果將傑克放下，走近阿嘉身邊，問：「你有受傷嗎？」

「……」阿嘉摸了摸傷口，呆愣半晌，像是不明白「受傷」兩個字的意思，他說：「吉米呢？我們……快點……逃出去……」

「好，上面還有壞人。」果果這麼說：「我們往上走，去打壞人，我們一起逃出去……」

「好……」阿嘉搖搖晃晃地往前走，走上樓。

狄念祖抱起傑克，喊著糊糊，狼狽地跟在阿嘉身後往上走。

二樓處散落了些猴獸屍體，一行人繼續向上，只見三樓樓梯口不遠處有間寬闊教室。

那兒掛著兩具夜叉屍骸。

「啊！在那邊！」傑克喵嗚一叫，眼尖的他見到那敞著的教室門後露出一條腿，那是水頭陀的腿。他急得躍下狄念祖身子，急急衝進那教室。

「等等！」狄念祖見狀也趕緊追上，心中驚恐莫名，他們和那小女孩纏鬥至此，但強邦等寧靜基地的援兵卻在這兒陷入苦戰，顯然教室中還有強敵。

「喵哇——」傑克的慘叫自教室內傳出。

狄念祖衝到了門邊，只見寬闊的教室裡橫七豎八地躺倒了一堆人，一個年紀大約二十出頭、婀娜多姿的美麗女子，笑吟吟地提著傑克，一手還捧著那小女孩的本體，不停安慰著她：「好囉，玉兒不哭、不哭，他們上來囉。」

「水頭陀、水頭陀，你醒醒啊，這女人抓著我，我打不過她啊，嗚嗚……」傑克像是小雞似地讓聖美捏著後頸，一動也不敢動，只能喵喵哭著，朝倒在門邊的水頭陀喊。

水頭陀的腦袋凹了好幾個坑，身上一些撕裂傷口猶自潺潺淌出水來，身子也緩緩縮小。

「……」狄念祖腦袋轟隆隆地想著，他最擔心的事果然成真，這女人——聖美，麻子婆口中的賤女人，果然是聖泉女奴計畫的成果之一。這可是提婆級兵器，方才與他們激烈戰鬥的小女孩玉兒則是聖美的隨從，玉兒不論是力量還是智能，明顯勝過糨糊和石頭。

「聽說，來的人有我的姊妹？」聖美望著狄念祖，溫柔一笑。

「她暫時還沒到……可能……得晚點才會到……」狄念祖思緒紛亂，眼神焦慮飄移，只見寧靜基地援軍的領隊強邦身受重傷，奄奄一息地倒在一旁，強邦雖然體內藏有羅剎基因，但顯然不是提婆級兵器聖美的對手，另兩個持槍隨從則早已沒了氣息。

教室後方一角，擺著一張大床，大床床沿坐著一個身材削瘦的巨大老者——麥老大。

「和月光……還有她身邊的兩個痴呆兒比起來，妳們顯然是完成品……提婆級別的完成品……」狄念祖緩緩地向一旁退開，讓出路來。「不知道和阿修羅級別的失敗品，哪個強一點……」

阿嘉踏進教室。

「那個女人，就是壞人。」果果在後頭低聲說：「殺了她，我們就能逃出去，吃好多好多……」

「好多好多……」阿嘉喃喃地說：「……糖果。」

他語未歇，身子已像火箭般衝出。

「哇——」傑克感到自己飛了起來，轉了十六、七個圈，身子才開始下墜，傑克在空中急急扭轉身子，保持平衡，輕盈落下，正得意地想要向狄念祖炫耀自己的空中平衡感極佳，卻突然覺得四足腳下觸感怪異，抬頭一看，原來他落在麥老大的大腿上。

「呦——」傑克嚇得後背弓起，黃毛聳立，小背包都歪了，躡手躡腳地想跳離麥老大的身子，卻感到一張大手蓋下，按住了他。

「……」麥老大捧起了傑克，輕輕摸著傑克的頭。

「喵……喵喵……」傑克顫抖地表現出溫順家貓的樣子，緩緩擺動尾巴，用眼神向遠處的狄念祖求救。

狄念祖根本沒注意到傑克的處境，而是目不轉睛地盯著阿嘉與聖美的激戰。

聖美的動作敏捷俐落，在教室中四處游移，戰鬥姿態和腳步確實和月光有些類似。

「吼吼吼！」阿嘉像是一頭發了狂的瘋虎，四隻細瘦的手忽搥忽抓，狂風暴雨地打向聖美，全被聖美避開。

聖美繞過阿嘉一記抓扒，閃到他右側邊，一記掃踢，踢在裹著阿嘉左膝上的石膏，石膏爆碎，阿嘉應聲跪倒，斷膝砸在地上，他痛得怒嚎起來。

聖美的腳步挪移更快，以阿嘉爲圓心繞起圈圈，拳腳雨點般擊向阿嘉後背、側身。

阿嘉騰出一手代腳，撐著地、彎著身子，費力轉身，卻跟不上聖美的速度，僅能以三隻力大無窮的爪子胡亂揮掃，逼開聖美大部分的攻擊。

聖美越來越快。

阿嘉捱著的攻擊也越來越多、越來越重。

「我們得幫忙。」狄念祖朝糨糊和果果使了個眼色，悄悄握起右拳，往後拉至腰間，擺出一個空手道的正拳姿勢。

糨糊則擺出生氣章魚的姿態，將十幾柄刀械高高舉起，準備隨著狄念祖發動攻擊。

「公主，他們想偷襲妳。」那失去了大部分身體而縮水成小人的玉兒，躲在一旁大喊起來。

「我看見了。」聖美這麼說，且將腳步挪移更快，一個閃身，來到阿嘉背後，一肘擊下，正中阿嘉背脊上那原本嵌著接收器的圓形傷口。

「吼——」阿嘉仰長了頸子，像是痛苦極了。他猛一轉身，右身兩隻胳臂旋風般甩向聖美。聖美早有準備，向後一步避開，再上前，一記手刀劈在阿嘉側頸上。

「上！」狄念祖大聲一喝，卻不是攻擊聖美，而是朝著那金屬小人玉兒衝去。

同時，糨糊甩出數條持著小刀的黏臂，也攻向玉兒。

「呀！」玉兒沒料到狄念祖和糨糊突然急攻她，急忙想跑，但只見離她上有數公尺遠的狄念祖，那收在腰間的右拳突然擊出，整個人瞬間竄到了她面前。

原來狄念祖將卡達砲當成加速器來用，一下子追上玉兒，大吼一聲，一腳高高踢出。

玉兒呀地一聲，蹦彈了好高，避開狄念祖這一踢，卻閃不過糨糊四面八方甩來的黏臂，在空中給捲了個正著。

此時玉兒失去了大部分身體，不僅力氣弱化許多，連智能也下降不少，被糨糊抓在手裡，只能啼哭起來。

「打……打打打……」糨糊捲著玉兒四處撞擊天花板地板，撞得玉兒尖哭慘叫。

在玉兒的慘叫聲中，響起了聖美的哀嚎。

滿身是血的阿嘉，總算抓著聖美的左手，且將之扭斷了。

「就是這樣！」狄念祖大笑一聲。

阿嘉終究是阿修羅級別的兵器，數天前的阿嘉，就連月光加上華江賓館一票好手聯手也難以制伏，此時雖然弱化許多，讓聖美在速度上佔了優勢，但狄念祖知道，只要讓聖美分心，便能替阿嘉製造大好機會，便暗中囑咐糨糊偷襲玉兒。

「哼！」聖美怒叱著，揮出重拳攻擊阿嘉頭頸要害，但她一手被阿嘉抓著，便不能像剛才那樣左右快速移動，只打了阿嘉幾拳，便又讓阿嘉抓著了另一手。

而阿嘉有四隻手。

「停手、停手，別打了，別打了！」傑克的叫聲遠遠響起。「麥老大生氣了！」

狄念祖呆了呆，循著傑克的聲音望向麥老大，只見麥老大緩緩起身，雙眼閃爍著精光。

他覺得自己錯估了最重要的一點。

麥老大的力量與意志。

阿嘉一爪劈在聖美肩上，劈碎了她的鎖骨和肩骨。

再一拳擊在聖美的胸腹之間，擊碎了她數條肋骨。

第三擊陡然止在空中。

阿嘉的瘦手，被一隻更瘦但更加巨大的枯朽老手包覆住了。

麥老大握著阿嘉拳頭的大手緩緩握實，掌心傳出了骨骼碎裂的聲音。

「吼！」阿嘉放開了聖美，轉向要攻擊麥老大，但被麥老大抓著手猛地一甩，整個人砸在天花板上。這一砸，砸得整間教室如地震般動搖起來。

麥老大放開了阿嘉，任由阿嘉落下，在他身子離地板尚有十數公分高時，順勢一腳踏下，將他的右胸整個踏扁了。

「唔！」果果尖叫一聲，驚恐地坐倒在地。

麥老大抬起染紅了的腳，抱起癱在地上的聖美，轉頭望向糨糊。

「糨糊！放下那小怪人！」狄念祖扯著喉嚨怪叫，接著拔腿朝果果跑去，一把抱起嚇癱了的果果，大叫：「逃──」

砰──

麥老大早已追上，大腳踹在狄念祖腰上。狄念祖只覺得自己的身子先是一陣劇痛，接著像是飛彈般衝破了教室玻璃，飛上空中，他在空中見到了山和雲，然後是地面。

最後是一片漆黑。

CH07 俘虜

滂沱大雨。

冰冷的雨水轟隆隆打在小學操場上。

操場周圍立了幾頂棚子，裡頭有守衛。

其中一頂大棚子外，站著個高壯的半人馬，是大和。大和持著一柄大狼牙棒，目不轉睛地望著操場中央。

操場中央立了數十支巨大木柱，木柱上綁著戰俘，戰俘中個頭最高大的正是麥二。

麥二垂著頭，胸口緩緩起伏著。

痳子婆、飛雲、琅琅等突襲失敗而受擄的戰士也都被牢牢綁在木柱上。他們被注射了痲醉藥物，全無反抗之力，身上的傷勢雖然經過簡易包紮，但由於連日來沒有獲得足夠的營養補充及藥物治療，大多數人身上的傷都未好轉，反而逐漸惡化，一些皮肉傷口甚至開始腐爛流膿。

狄念祖同樣也被綁在木柱上，他被麥老大踢斷的幾根肋骨和內臟，雖然復元得差不多了，但由於每天只能吃最低限度的食物和飲水，因此現在同樣虛弱無力。且他這幾日都沒有接受穩定長生基因的藥物注射，毛髮不受控制地增長，整個人變成了大毛球，看起來像是隻突變了的古代牧羊犬。

傑克由於體型較小，被關在狄念祖腳邊一只鐵籠子裡，緊緊抱著核桃大的水頭陀，哆嗦哭泣著。

水頭陀在受擄後第一晚便死在傑克懷中。

今天是所有俘虜在操場上度過的第五個夜晚。

四角在昨夜中死去。

虎妹和青蜥，在前一晚死去。

青蜥死去的當晚，鬼蜥吼叫了一整夜，被守衛打斷雙腿，又在他嘴裡塞滿了土，這才讓操場寧靜下來。

「二哥，再撐一下，明天等長官來驗收成果，就能放了大家，我們就能和以前一樣生活了……」一個威坎手下端著熱食，湊到麥二嘴邊。

麥二的嘴巴動也不動，他從被俘虜的第一天就沒吃過東西，只是不停喊著麥老大，要麥老大出來說句話。那晚他見到麥老大摟著聖美、在威坎的攙扶下走進操場巡視俘虜，卻沒瞧自己一眼，便不再說一句話了。

「沒辦法，二哥還是不吃。」那守衛對另一名守衛這麼說。

「唉……但針還是要打。」另一名守衛取出針筒，在麥二胳臂上注射今晚的麻醉藥劑。

一隻頭上戴著守衛帽，體型像山豬大小的棕熊拿著一袋飯糰餵食著俘虜。他走到某個傢伙身旁，抖動鼻子嗅聞幾下，接著站了起來，伸出熊掌，拍了拍對方的腿、再拍拍他的身子，突然扯著喉嚨喊：「這邊有人死了！」

幾個守衛走來，茫然地解開死者身上的繩子，抬著他走遠，依稀還聽見他們說：「二哥造反是太過分，但是……真的一點情面都不顧了嗎？要把他們全部綁到死嗎？」

「沒這回事，別亂講話，不是說明天會有長官上來視察嗎？他們是綁給長官看的，長官看完就放下了。」

「長官？我們的頭頭不就是老大、二哥和威坎爺嗎？現在大家真的要變成聖泉藥廠的職員了嗎？」

「麥老大和威坎爺怎麼決定，我們就跟著啦，別想太多了。」

那小棕熊來到了麻子婆身旁，正要嗅聞，卻被麻子婆在鼻子上踢了一腳，怒叱：

「我還活著！」

「誰教麻子婆妳那麼臭，臭得讓我以爲妳死了……」小棕熊從袋中拿起一枚被雨打得稀爛的飯糰，要往麻子婆嘴裡送，又被麻子婆撇頭頂開，還吐了他一臉口水，說：

「滾——」

小棕熊受了氣，也不好對麻子婆發作，只是氣呼呼地揮著熊掌，在地上打出一片泥濘，接著又來到蛙娘身旁，取出飯糰要餵她。

「小棕，我們現在是敵人了……我不想吃你餵的飯。」蛙娘閉著嘴巴。

「可是、可是……再不吃妳會餓死……」小棕這麼說。

「餓死就餓死吧。」蛙娘喉間咕嚕嚕滾動著，對小棕說：「你再不走，我也要吐你口水了，我吐的口水有毒，能毒瞎你的眼睛！」

「哼……」小棕只好抖著鼻子，叼著那袋飯糰，去餵其他俘虜。

□

清晨時分，俘虜中又死了三個。

天空緩緩放晴，傾盆大雨漸漸轉換成當頭烈日。

中午，「長官」終於來了。

數架直升機轟隆隆地降落在小學操場上，居中一架直升機的艙門開啓，裡頭傳出響亮的笑聲。

那聲音讓酒老、貓兒、狄念祖等都睜開了眼睛。

那是吉米的聲音。

「好棒的地方，空氣眞好！」吉米叼著雪茄，在兩名美艷女人的攙扶下，步出直升機。

「噢——」吉米在眾隨從簇擁下大步走來，和上前迎接的威坎簡單交談幾句，便走向俘虜群。他拍手大笑，對著一群俘虜左顧右盼，見到酒老頭，便摟著女人走去，對酒老頭說：「好久不見啊，酒老，近來可好？一早吃飯了嗎？哇，都是熟面孔啊。」吉米一一巡視華江賓館的傢伙，他走過豪強、鬼蜥身邊時，摀著鼻子連連搖頭。「好臭，你們這幾天都沒洗澡是吧？」

「喲，是個女人。」吉米見到百佳，眼睛一亮，快步上前，伸手托起她下頷，仔細瞧了瞧她的臉。百佳身子虛弱、咳嗽連連，費力扭頭，將頭撇開。

「不算漂亮，但我喜歡妳的鼻子和小嘴。」吉米捏了捏百佳的鼻子，繼續往前，還不時連連回頭，打量百佳的身材。

「呸！」小次郎一見吉米走來，突然吐出一口口水。口水被吉米身旁的美麗女郎伸手擋下。

「好頑皮，嘿嘿嘿。」吉米大笑兩聲，從口中取出雪茄，按在小次郎臉上。

大致巡視完俘虜的吉米，開始東張西望，扯著喉嚨喊：「咦，就這些人嗎？我要的人呢？」

「吉米先生，我們將重要的人另外關著，現在就帶出來讓你瞧。」威坎這麼說，接著招了招手。

校舍中，推出了數只大鐵籠，分別囚著月光、貓兒和果果，果果是吉米早就吩咐要仔細看照的人，月光和貓兒由於和聖美同樣出自女奴計畫，因此也被聖美指示不和眾俘虜綁在一塊，而是另外安置。

「吉米先生，這兩個女人和我是姊妹，我想或許對吉米先生有用，所以特地留著她們。」聖美這麼對吉米說。

「哦，眞乖、眞聰明。」吉米嘿嘿笑著，伸出手，想在聖美臉上摸一把，但聽見身旁一名西裝男人輕咳幾聲，立刻縮回手，吐著舌頭，露出俏皮模樣，在自己臉上輕拍幾下。「喔，我差點忘記聖美是伯伯的……嘿嘿……」

「好，讓我來看看兩個美女喲。」吉米搖頭晃腦地領著手下來到三只大鐵籠外，威坎的手下立刻將同樣被注射麻醉藥劑的月光、貓兒和果果拉了出來。

吉米迫不及待地上前看了看果果，捏了捏她的臉，說：「眞是個小美人胚子，長大了可不得了喔。」吉米哈哈笑著，接著對身後那個西裝男說：「可以向袁伯伯報平安了，阿耆尼基因樣品完好無缺，一切都在掌握之中。」

「立刻準備送阿耆尼基因樣品下山。」那西裝男這麼吩咐身邊手下，接著取出手機，將消息傳回己方的研究室。

「哇，兩個美女喲，快查一查是什麼來頭。」吉米只是摸了摸月光和貓兒的臉蛋，舉止算是收斂，他知道這些女奴都有主人，說不定是聖泉哪個大人物的玩物。他想將月光、貓兒物歸原主，向那些高層做點順水人情也好。

「一個主人是袁伯伯的大公子，另一個主人是第四研究部、七號部門的研究長寬叔。」一個身邊隨從這麼回答——女奴計畫在研發的同時，便決定了各自的主人和身分資料檔案，吉米的隨從取下月光和貓兒的頭髮，放入辨識儀器中，一下子便查出了她們的身分和主人。

「袁伯伯的大公子？那是誰啊？」吉米一下子腦袋轉不過來，在那西裝男低聲提醒了幾句之後，立刻拍著額頭，大聲說：「哦哦，原來是大堂哥，我真是健忘，真不好意思！喂喂喂，這是大堂哥的女人，怎麼這麼失禮，快照顧好堂嫂啊！」

「喝！」那西裝男又重重咳了一聲，糾正吉米：「堂嫂早已有了，這女孩只是祕書……」

「喔，好……好……祕書！」吉米哈哈大笑。「對對對，大堂哥那麼正直又專情，怎能有那麼多堂嫂，是祕書才對！」

吉米捧腹笑了半晌，接著來到貓兒身邊，問了隨從幾句，嘻嘻笑著說：「你剛剛說，這是寬叔的？」隨從點點頭，吉米哈哈大笑起來，說：「想不到寬叔的興趣這麼特別，他喜歡貓呀，哈哈哈！」

「要將她還給寬叔嗎？」隨從這麼問。

「寬叔啊……寬叔好像沒有讓我孝敬的資格耶。」吉米伸出手，在貓兒身上恣意摸索，對著身旁的隨從笑著說：「你看看，這麼豐滿，寬叔嚥得下嗎？他年紀大了，我怕他老人家身體撐不住啊，乾脆我來幫寬叔保管一陣子好了，哈哈哈！」

吉米在決定了月光、貓兒，以及果果的去留之後，來到狄念祖面前。

「這就是狄國平的兒子？」吉米吃驚地望著變成顆大毛球的狄念祖。「他怎麼回事？」

「他身上的長生基因出了問題，不受控制，隨時都會死。」一名隨從這麼說。

狄念祖聽那隨從竟能隨口說出他的身體情況，不由得大驚失色，但轉念一想隨即明白，張經理的位置此時想必已被拔除，以吉米和袁家叔伯輩的手段，想必不會讓張經理在交接時輕易地銷毀那些重要資料，說不定張經理和寧靜基地私下聯繫的事情也已敗露，他身上藏著長生基因這件事，或許整個聖泉都知道了。

「壞掉的長生基因，那有什麼用？」吉米搖頭晃腦地和隨從商量了幾句，說：「好像一點用也沒有呢，現在好幾間實驗室都在加速研發長生基因……」

吉米邊說，邊拍了拍狄念祖那毛茸茸的臉，說：「你爸爸搞得我們雞飛狗跳，他以爲自己壯烈犧牲，打贏一場勝仗是吧，我告訴你，杜恩博士只花了一個月，就重組出長生基因的樣品，你爸爸的行爲就好像……馬戲團裡的一場鬧劇，呵呵……呵呵呵！」

「快想想，狄國平這隻毛兒子現在到底還有什麼用，快啊，快想啊！」吉米大聲催促身邊的隨從。

「三哥……海洋公園最近不是要搞個珍禽異獸展嗎……」一名隨從這麼說。

「噢——」吉米又拍了拍額頭，大笑說：「你不說我都忘了，是啊，我現在名義上和三哥沒關係了，但變得更親近了。夥伴，我和他是合作夥伴，夥伴有需求，我就得滿足夥伴的需求，珍禽異獸展是吧，噢噢，我看一下，這裡好多呢！」

「哈哈哈，狄國平演鬧劇，狄國平的兒子進馬戲團，眞他媽一門英烈啊！」吉米哈哈大笑，揪著狄念祖臉上的頭髮，說：「狄國平生了個珍禽異獸。」

狄念祖一語不發地看著眼前的吉米，腦袋裡靜悄悄的，連日來的囚禁讓他連憤怒的力氣都失去了，他現在只想記住吉米的長相。

他覺得自己這輩子應該都不會忘記眼前這個人。

「珍禽異獸，嗯，這裡都是啊，全都是珍禽異獸！」吉米東張西望，比手畫腳地指著，那些被他指到的傢伙，便被解開繩索，囚入特製鐵籠裡。

奄奄一息的傑克，也被扔入一只小一號的籠子裡。

「啊，這是什麼？」吉米呆愣愣地望著隨從推來的一只小籠。

那小籠子的金屬欄杆間隔極密，間距不到半公分，裡頭關著哈密瓜大小的糨糊和石頭。他倆受擄後，被切去大部分身體，只留下小小的本體，被關在這特製的籠子裡。由於欄杆間距遠小於糨糊和石頭體內的再生核，因此他們無法逃脫，此時他們的智能也隨著體型退化到極低的程度，像是兩個搖頭公仔般乖乖地在籠子裡晃盪身子，偶爾將黏臂伸出籠子外擺一擺。

「這是女奴……那大堂哥祕書的兩個侍衛。」一個隨從這麼說。

「侍衛？」吉米說：「侍衛是長這德性嗎？怎麼和我知道的不一樣呢？」吉米一邊說，一邊望著聖美身邊跟著的那一對小男孩和小女孩。

「這幾天我問了那姊妹，那兩個小朋友應該是尚未發育，就逃出了實驗室，應該與之前實驗室的動亂有關。」聖美這麼說。

「他們是小貝比，什麼都不懂。」玉兒這麼說，和身邊的小男孩互視一笑。「我和寶兒比他們聰明多了，嘻嘻。」

「又是狄國平，嘿嘿。」吉米提著裝有糨糊和石頭的小籠子，來到狄念祖面前，踹了他一腳，將籠子在狄念祖面前晃呀晃地說：「看到沒有，是你爸爸害的，眞是場鬧劇啊。」

吉米說完，隨手將籠子一拋，說：「送去海洋公園吧。」

「不和那祕書一起還給大堂哥？」隨從問。

「你白痴啊。」吉米氣呼呼地說：「侍衛長成那樣，能看嗎？當然另外培育新的侍衛啊，完成後再送給大堂哥！」

最後，吉米走到強邦面前，在隨從的說明下，得知了強邦的身分。

「嗯，康諾博士的人，這個也很有價值。」吉米望著強邦，強邦身受重傷，但盯視吉米的目光卻凶狠依舊。

「你凶巴巴看著我幹嘛？我還有很多話要問你啊。」吉米說。

「你直接割下我的舌頭吧。」強邦說：「我什麼都不會說的。」

「看起來嘴很硬。」吉米向身邊隨從笑了笑，掏出口袋中一枝鋼筆，朝著強邦胸肋間斷骨瘀腫處大力捅了幾下，沒有得到預期的哀號，只有冰冷的眼神。

「嗯嗯，我喜歡、我喜歡你！」吉米哈哈大笑，拍了拍強邦的臉，轉頭對隨從說：「你們都以爲我只愛美麗的女人，其實我也愛嘴硬的男人。我有一百種對付嘴硬男人的招式啊，呵呵，我愛死他了，這幾天的餘興節目有著落囉！」

「哼哼……」強邦冷冷笑了笑，說：「能被聖泉裡最下流卑賤的吉米兄當成玩物，是我的榮幸。」

「哈哈哈哈，好說好說。」吉米揭下鋼筆蓋子，將鋼筆插在強邦肩上，大笑走遠。

「晚上見啦，現在我餓了，有沒有吃的？」

□

「現在人在空中，別想搞怪喲！」

一個身形修長、穿著俐落套裝、戴著眼鏡的女人，持著一柄甩棍，來回在幾只小型金屬牢籠前巡視，她走到一只籠前，停下腳步，對著裡頭的月光說：「不要白費力氣了，這手銬是合金打造的，就連阿修羅級別的兵器都無法掙脫，妳胡亂費力，弄傷了手，會害我被罵喔。」

「……」月光默默不語，在被俘虜的數天中，雖然她在聖美的關照下得到了比狄念祖等被綁在操場上的俘虜更好的待遇，但她的身體卻日漸衰弱——她沒有說出自己必須飲用狄念祖鮮血才能維持生命這件事。

「吉米的祕書，妳看我們這副德性，哪還有力氣搞怪啊。」狄念祖湊在籠邊，用額頭蹭著牢籠欄杆，撥開額前毛髮，露出眼睛，說：「是不是該放飯了，不是要讓我們在海洋公園展出嗎？讓遊客看見餓壞了的珍禽異獸，遊客會說你們虐待動物喔。」

「再二十分鐘就到實驗室了，到時候自然會有東西給你吃。」那女人這麼說。

「實驗室？不是去海洋公園嗎，祕書大姊？」狄念祖隨口說著，此時他像隻大猩猩般坐在小小的牢籠裡瞅著月光，心想若是能讓月光恢復力氣，或許有逃脫的機會。

但他左顧右盼，此時這大型直升機上除了他和月光，便只有果果、糨糊、石頭和傑克，當中月光身體虛弱，糨糊和石頭心智退化到連話都不會說，傑克奄奄一息地抱著死去的水頭陀，果果身體狀況最佳，但她的火焰想必燒不壞那合金手銬，以及同樣材質的牢籠。

「你們的身體需要一定程度的治療，才能見人。」那祕書說：「現在的你們是商品，是吉米的私產。」

「哇，眞了不起，可以隨便把人當成私產啊。」狄念祖隨口說著，他從那祕書與同僚的談話中大概得知吉米名義上被聖泉藥廠解雇，但實際上接受袁家叔伯輩的資助，擁有了私人研究室，成了他們的合作廠商，從此行動間更不受聖泉內規限制。

「喂，吉米的祕書……」狄念祖突然這麼說：「這籠子太小，我的背伸不直，我能把腳伸出去嗎？」

「隨你便吶，別打歪主意就好。」那女人推了推眼鏡，冷冷地說：「還有，我有名字，我也不是吉米的祕書，我是吉米新研究室的副主管，以後你們叫我樂長官。」

「樂長官？好，我知道了。」狄念祖隨口說：「我不得不說啊，你們眞有一套，用吉米換了張經理，現在不知道張經理在幹啥，該不會穿著睡袍在看報紙吃早餐吧，眞是窩囊，吉米老闆厲害多了，從華江賓館那時一直到現在，我發覺我們不管怎麼拚命，最後還是逃不出他的手掌心，唉唉……」

狄念祖試著挪動身子，將一隻腳伸出籠外，盡量往月光的方向伸展，但他與月光之間還擺著傑克和糨糊、石頭的牢籠，他的腳離月光的籠子還有十數公分遠。

「嗯。」狄念祖望著糨糊，心想倘若糨糊和石頭聰明點，或許能夠造支抽血管子，從他的腳上抽血，暗暗傳給月光，但糨糊和石頭現在笨得只會擺動身體，這方法難以實現。他又看了看傑克，見傑克呆愣愣地趴著，背上那爛糟糟的小背包經過連日雨淋，變得更破爛了。

「我說傑克啊……」狄念祖對傑克說：「有件事我憋在心裡很久，但實在不吐不快，你不覺得你們寧靜基地眞的很遜、很沒用嗎？」

「小狄，你說什麼？」傑克的小牢籠就在狄念祖旁，他仰起頭，瞪大眼睛望著狄念祖。

「你們派了一堆人上來，結果落得這種下場。」狄念祖繼續說：「全軍覆沒，只剩你這隻笨貓，還害我得意洋洋以爲自己可以搶在麥二之前拿下威坎本營，唉，要是知道你們這麼沒用，我乾脆自己下山算了。」

「你怎麼這麼說？」傑克像是對狄念祖這番話甚感不滿，站了起來，捧起核桃大小的水頭陀屍身，對狄念祖說：「你知道這次我們爲了救你，犧牲有多大嗎？你看、你看！你看見了嗎？」

「我看不見，因爲我的眼睛被身上的怪毛擋住了。」狄念祖搖頭晃腦，說：「眞奇怪，爲什麼我身上會長出怪毛呢？好像是一隻自作聰明的貓害的。」

「哼！」傑克氣得怪吼一聲，身子弓了起來，雙爪彈出利爪，湊在籠邊吼叫：「水頭陀死了，他死啦，他是我最好的朋友！」

「關我什麼事。」狄念祖見傑克露出利爪，便將伸出的腳湊近傑克牢籠前，說：「水頭陀不是什麼水核工嗎？聖泉量產的工人級嘍囉，你們寧靜居也有那種基因吧，叫你們主人再種幾顆核桃，賞你一顆就好啦，哭個屁！」

「小狄——」傑克在籠子裡激動跳著，連連怒吼：「水頭陀死啦，他死掉了，其他水核工又不是他，小狄，你怎麼這麼說話，我要告訴主人，她看錯人了，小狄根本不是我們以爲的那個小狄，眞實的小狄是個可惡的傢伙，如果我能出去，我一定打死你！」

「來啊、來啊！」狄念祖將腳趾伸進傑克的籠子。「你平時說大話、逃跑搶第一，水頭陀在戰鬥的時候，你只會躲著喵喵叫，你的主人是個勾人丈夫的醜八怪，難怪她跛腿，是報應——」

「喵！喵喵——」傑克發了瘋似地扒抓起狄念祖的腳。

「你沒吃飯，沒力氣啊。」狄念祖忍著痛，將腳掌側著擠進籠子裡，說：「看準了再出手，擺在你面前都不敢用力打，孬種……」

狄念祖話還沒說完，只感到腳底板一陣劇痛，暴怒的傑克將他的腳扒出了數條深長血痕。

「這才像男子漢。」狄念祖猛一扯，將腳抽回，見到鮮血淋漓的腳掌，點點頭，滿意了。

「你們在做什麼？」樂麗在座位上回頭，對著狄念祖說：「不是叫你別搞怪？」

「我沒搞怪，這隻貓脾氣不好，讓他發洩一下又沒關係，反正我們逃不出去，妳別擔心嘛。」狄念祖這麼說，接著抖著那血流不止的腳，踢蹬起來。

血滴在空中飛濺散開，甩進了月光的牢籠裡。

「笨蛋月光，妳很高興吧，妳就快要找到妳的王子了。」狄念祖哼哼地罵，更大力地踢腿：「不是愛喝我的血嗎？喝吧、喝吧，喝飽了恢復力氣，去見妳的王子囉。」

「狄……」月光似乎不明白狄念祖的用意，她被濺得滿臉是血，卻不閃不避，哀傷地望著狄念祖說：「對不起，我沒聽你的話，害你變成這樣……」

「對啊，都怪妳，妳知道是自己不對，現在就聽我的話，把我的血舔乾淨，快！」狄念祖踢腿的動作雖大，但刻意壓低音量，就怕引起更大的騷亂，惹得樂麗過來。

「不……我不再喝你的血了……」月光搖搖頭，落下淚來。「你對我很好，但我欠你很多，這陣子辛苦你了……」

「欠我很多不用還嗎？當然要連本帶利地還我！妳有心還我，就喝我的血，不然身子虛弱、沒有力氣，怎麼……怎麼……」狄念祖壓低了聲音。「怎麼救我啊？」

「嗯？」月光呆了呆，像是有些明白狄念祖話中的意思，一旁的果果輕喊了月光一聲，伸出舌頭，作勢舔了舔手和胳臂，示意月光照著狄念祖的話做。

「……」月光便默默舔舐起濺在她手上和身上的血。

「吼吼吼！吼吼！」小牢籠裡，糨糊和石頭也跟著騷動起來，他們儘管智能降低許多，但護衛本性猶在，見到一個毛茸茸的大傢伙不停將黑黑紅紅的血踢在他們公主身上，哪裡忍受得住，在小籠子裡騷動起來，石頭撞擊籠身、糨糊伸出短短的黏臂，撐著地讓牢籠滾動，要去宰狄念祖。

「這還不是搞怪──」樂麗聽見了糨糊和石頭的騷動，見狄念祖一腳在外，把機艙內弄得血跡斑斑，氣得大步走去，狠狠一記甩棍抽在狄念祖小腿上，接著將甩棍朝牢籠裡一捅，抵在狄念祖身上，按下手柄上的按鍵。

狄念祖才剛剛覺得樂麗這一棍或許打碎了他膝蓋，緊接著又遭到一陣電擊，狄念祖被電得癱軟無力，只得連連求饒：「對……對不起……樂長官，我知道錯了……」

「你再鬧，我會打斷你兩條腿，你仗著身上有長生基因，不怕打嗎？」樂麗氣呼呼地說。

「怕……我很怕打啊……」狄念祖喘著氣，癱在籠子裡，連收回腿的力氣都沒有了。

他左思右想，卻想不出脫困的下一步，此時一行人受困在上千公尺的高空中，即便月光恢復了力氣，也未必能夠掙脫出這高強度牢籠，就算掙脫出了牢籠，機上還有數個夜叉坐鎮，這大型直升機穩固是穩固，但在臨行前，吉米對夜叉下達了「同歸於盡」的指示——這意即一旦直升機遭劫，機上數個夜叉判斷制伏不了敵人時，便會分頭破壞直升機，以求同歸於盡，這幾個夜叉的命令來自吉米，即便狄念祖成功狹持了樂麗也無法阻止夜叉行動。

就在狄念祖絞盡腦汁苦思脫困之道時，直升機已經開始下降，他們即將抵達目的地。

CH08 不能哭

直升機停在一處水泥廠房樓頂，一群工作人員在武裝士兵的戒備下，將囚著狄念祖等人的籠子抬下直升機，放在拖板車上運入廠房。

狄念祖等在被抬出直升機時東張西望，只見這廠區幅地遼闊，遠遠能夠見到聖泉海洋公園那些華麗建物，這地方離聖泉海洋公園僅有十數公里。

廠區中不少地方正在重新裝潢，一些房舍的舊有標示看板被一一卸下，安裝上新的標示看板。狄念祖見到一張卸下的標示看板上面寫著「第五研究部」，這才知道原來袁家叔伯輩將旗下一處分部讓給吉米把持。狄念祖咋舌之餘，更有些忿忿不平，只覺得太便宜了吉米這無賴，但轉念一想，知道這只是袁家叔伯輩用以規避聖泉行事規範的方式，往後他們有任何見不得人的事，都能夠以吉米這間獨立研究室的名義來進行，行事之餘，便更無拘無束了。

眾人下樓，由於一票俘虜各有不同用途，狄念祖等人與果果和月光被分送往不同部門，囚著月光和果果的牢籠被慎重地推入一間懸掛著「黑雨機構：第一研究室」招牌的大研究室裡。

狄念祖這才知道，吉米得到的這實驗廠區，叫作「黑雨」。

狄念祖、傑克、糨糊和石頭等則被工作人員繼續載運下樓，送到一扇門前，房門上掛著一面小小的門牌，上頭寫著「Free research-8」。

工作人員按下房門對講機上的通話鍵，對著裡頭說：「老趙，新貨到。」

「嗯。」對講機裡傳來冷冷的回應。

門打開，裡頭是一間主要以金屬構成的空曠大室，這間實驗室約莫十坪有餘，室內其中兩面牆邊擺設著許多先進儀器，另外兩面牆則嵌著大大小小的柵欄空間。乍看下，這實驗室有些像流浪狗收容中心，但牆上牢籠的柵欄材質使用了和囚鎖狄念祖等人的鐐銬相同的高強度合金，牢籠裡關著的，也絕非一般流浪貓狗，而是各式各樣稀奇怪絕的無名生物。

室內正中央擺著數張金屬桌，其中一張桌子前坐著個穿著白袍、戴著厚重眼鏡的禿頭傢伙，他一手托著下頷，一手調節著桌上的儀器設備。

在那數只儀器之間的桌面空曠處，鎖了一隻被剖開肚腸的怪生物，那生物體型只有小型犬大小，軀體構造類似青蛙之類的兩棲爬蟲，但一顆腦袋卻有些近似人類，除了一雙細長的丹鳳眼，還有人類的口鼻與耳朵，只是整個小了一號，頭部大約是剛出生的嬰孩般大小。

怪傢伙的五臟六腑都整齊地攤在體外，上頭貼著線路與貼片，連接著監測儀器，也懸掛著一些供需養分的補給點滴設備。

怪傢伙的雙手上戴著特製的迷你拳套，桌上散落一些破碎的瓦片。

禿頭研究員對於工作人員推進室內的狄念祖等人絲毫不感興趣，只是默默地在那怪生物拳頭前立起數面瓦片，花了數分鐘調整著瓦片位置與那生物的拳頭擺勢。

那生物嘴唇蒼白，以極標準的國語顫抖地說：「博士、博士……我的拳頭碎了，今天到此爲止，好嗎？」

「嗯。」禿頭研究員繼續調整著儀器，冷冷地說：「我不是博士，那些老頭才是博士。在他們眼中，我只是個不學無術的癟三，你叫我博士，是在調侃我嗎？」

「不不不不不……」那生物連連搖頭，但他的腦袋被固定著，因此他搖頭搖得相當勉強，他的淚水在眼眶中打轉著。「博……嗯，趙水大哥，我……我的手好痛，能不能讓我休息兩天？不……一天就行了，明天我會認眞擊破很多、很多瓦片，再不然……半天也行，讓我休息幾小時，我三天沒睡了，我的雙手都碎了。在這種情況下，我能夠提供的數據也不夠精準啊！」

「不夠精準？你是指我的研究是半調子？」那叫作趙水的禿頭研究員這麼說：「所以我沒辦法往上爬，只能日復一日搞這些沒什麼意義的自由研究囉？」

「我……」那怪生物說：「我不是這個意思。」

趙水按下儀器上一顆按鈕。

怪生物悶哼一聲，快速擊出右拳，砰地打在幾面瓦片上，打破了前兩面瓦片。

「你哭了嗎？」趙水語調冰冷地問。

「沒……我沒哭。」怪生物連連搖頭。「沒哭……」

「很好，繼續。」趙水在那怪生物拳頭前換上新瓦片，重複一樣的動作。狄念祖和傑克便這樣看著那怪生物擊破數十面瓦片。

怪生物不停淌下眼淚，但又不時伸出舌頭，舔去眼淚，說：「我沒哭，沒哭……只是眼睛怪怪的……」

趙水似乎有些膩了，伸了個懶腰，摸了摸那怪生物稀疏的頭髮，說：「今天你表現得不錯，就讓你休息到晚上吧。」

「謝謝趙大哥、謝謝趙大哥！」那怪生物低聲歡呼，落下更多眼淚，但隨即便舔去，還不忘補充說：「我沒哭、沒哭啊……」

趙水在那怪生物兩隻自拳套淌出血來的胳臂扎上點滴針頭，貼上固定膠布，接著轉身，走到囚著狄念祖的大牢籠前，對他們上下打量一番，說：「你們會說話嗎？聽得懂我的話嗎？」

「……」儘管狄念祖和傑克先前有些糾紛，但此時被這行徑詭譎的禿頭研究員趙水嚇得不知所措，互看了一眼，都不知該怎麼答話，就怕說出來的話不合他意，也落得和那怪生物一樣的下場。

「我說……」趙水露出了不耐煩的神情，說：「會說話嗎？聽得懂我的話嗎？」

「懂……」狄念祖見他面有怒容，趕緊點頭，答：「我……我是人。」

「我是隻通人性的貓！」傑克也趕緊回答：「請……趙大哥手下留情，不要用對待那位……那位不知道是什麼東西的東西的方式對待我，小貓傑克銘感五內。」傑克說完，還人模人樣地對趙水鞠了個躬。

「嗯。」趙水望向糨糊和石頭，重複問了一次同樣的話。

「他們本來會說話，但現在變笨了。」狄念祖替糨糊和石頭解釋。「讓他們吃點東西，體型變大，就能說話了。」

「哦？」趙水提起裝有糨糊和石頭的牢籠打量一番，眼神閃過幾分惱怒，將那籠子重重拋在地上，氣憤地說：「這是女奴計畫的侍衛原型，這種東西這裡到處都是，這兩隻還是失敗品，一點用處也沒有……」

「趙大哥，要銷毀嗎？」研究室裡一名臉色蒼白、有著大大黑眼圈的青年上前，拾起這小牢籠，詢問趙水。

「不！」趙水連連搖頭。「老王八蛋們瞧不起我，丟給我的東西不是垃圾就是糞土，我就要讓他們看看，我趙水能把垃圾化爲鑽石、把糞土變成黃金！」

「是。」助手點點頭，將囚著糨糊與石頭的小籠子放入牆上一處大小剛好的方形牢籠中。

「嗯，我先告訴你們這裡的規矩，進了這間房，你們不是人、也不是什麼通人性的貓，你們只是我趙水的實驗品，知道嗎？」趙水對狄念祖與傑克這麼說。

「可……是……吉米先生不是說海洋公園要推出什麼珍禽異獸展……」狄念祖戰戰

兢兢地問：「我們要養好身體，才能展覽……」

「是嗎？」趙水聽狄念祖提到吉米和「珍禽異獸展」，先是咦了一聲，訝異地說：「一般來說，有用的東西不會送來我這，送來我這的全是別人沒興趣的東西，讓我隨心所欲、自由發揮。嗯，我明白了，我得先研究出你們的價值，讓你們擁有被展覽的價值，這或許是吉米先生給我的機會，也是我接下來日子裡的頭號目標啦。」

狄念祖隱約聽見被鎖在金屬桌子上那怪生物，以及牆面上囚著的各種怪異生物所發出來的一聲嘆息，那像是暫時鬆了一口氣的嘆息。

儘管趙水和那黑眼圈助手看來都是一副弱不禁風的模樣，但狄念祖和傑克在被放出牢籠時，一點也不敢造次，乖乖地接受了趙水對他們進行的簡易全身檢查。

「你的身體裡，除了不穩定的長生基因，還有卡達蝦基因。」趙水看著檢查報告，冷冷地盯著狄念祖。

狄念祖被趙水瞧得渾身不自在，他連同頭髮以及一身濃密長毛被那黑眼圈助手刮了個一乾二淨，此時赤裸裸地躺在金屬桌上，除了雙手和雙腳上的特製鐐銬，他的後頸上也被鑲上了一只特製電擊器，趙水讓狄念祖體驗了一次電擊，那電擊器放出的電流能讓狄念祖全身瞬間癱瘓無力。

「爲什麼一開始問你時你沒說？」趙水皺著眉頭，望著檢查報告，再望望狄念祖。

「我……」狄念祖不知該如何回答，只好敷衍地答：「我知道自己身體被動了手腳，但我不清楚那些基因的正確名稱……」

「殘缺的卡達蝦基因配上變質的長生基因，嘿嘿……倒是挺有趣的。」趙水乾笑兩聲，一面吩咐那黑眼圈助手：「小洲，給他瓦片。」

黑眼圈助手小洲點點頭，走到狄念祖身邊，將狄念祖扶下床，讓他坐上一張特製椅。

「嗯，我可以知道……我會被如何……研究？」狄念祖深深吸著氣，緊張地打量起這看來像是張用來刑求人犯的怪異椅子。

小洲沒有回答，僅在狄念祖腰間和胸口繫上數條皮製帶子，接著，他以同樣的皮帶固定住狄念祖的雙腳和雙肩。

「嘖……」狄念祖滿額大汗，開始懷疑起自己一小時前選擇安靜配合趙水在他頭上裝設電擊器的決定是否正確，他大力吞嚥口水，低聲自語起來：「冷靜……冷靜……」

「嗯？」狄念祖腦袋轟隆隆轉動著各種恐怖虐殺電影裡的場景，直到小洲推了他一把，這才回神，見到小洲在他面前架起數面厚實瓦片。

「打。」小洲這麼說。

「呃……」狄念祖呆了呆，點點頭，將右拳拉至下腹，上膛，擊出。

一陣爆裂聲，瓦片盡數破碎。

「喲！」趙水拍拍手，彈了記手指，說：「多加兩片。」

小洲這次在狄念祖面前架起六面瓦片。

狄念祖覺得鬆了口氣，和閃過腦海裡各種殘酷凌虐相較之下，打擊瓦片似乎不是太過煎熬的事。他再次擊碎六面瓦片。

「給他塊磚。」趙水又彈了記手指，語氣冰冷。

小洲在狄念祖面前立了塊磚，狄念祖瞪大眼睛，開始意識到情況或許並不如自己想像中輕鬆，眼前那塊磚厚達十公分。

他將拳頭擺在腰間、上膛，猶豫著該不該出拳，小洲已從櫃子裡拿出一套手術刀具，指了指不遠處金屬桌上那人頭蛙身的怪生物，說：「你可以選擇自己出拳，也可以讓我切開你的皮肉，在你的肌肉上安裝電擊系統，接管你的神經系統，替你出拳。」

「我自己出拳。」狄念祖毫不遲疑，一拳擊出，水泥磚四分五裂。

他的手骨也裂了。

「啊……」狄念祖瞪大眼睛，望著自己快速腫起的手背，痛苦地呻吟起來。

「繼續。」趙水伸了個懶腰，走到角落，沖了杯咖啡，咕嚕嚕喝了起來。

小洲換上新的磚，淡淡地說：「不能哭喔，趙大哥不喜歡實驗品哭，你哭的話會很慘。」

「……」狄念祖舉起左手，詢問小洲是否能夠換手。在取得對方同意後，咬著牙，擊出左拳，砰地一聲，厚磚和左手骨再次同時裂了。

小洲又替他換上了新的磚。

砰！

砰！

砰……

碎骨擊在磚頭上的聲音，每隔約三十秒，便在這Free research-8實驗室內響起。

「小狄……小狄……」傑克攀在柵欄前，見到狄念祖的慘況，內心驚恐害怕，早已忘了不久前與他的爭執，不僅替他難過、也替自己的處境擔心。傑克的淚水洶湧不止，卻不敢哭出聲，他也聽見了小洲的話——趙水不喜歡實驗品哭。

□

「小狄？小狄，你還好吧？」傑克用爪子輕扒著牢籠底部。

狄念祖微微睜開眼，他狼狽地蜷縮在牆上一只長寬高都只有六十多公分的牢籠中，他那慘不忍睹的雙手已漸漸癒合。有數條線路埋入他的胳臂肌肉之中，連接著一只簡易的接頭，那是在他雙拳各揮出六、七拳後，再也揮不出拳頭時，被趙水和小洲裝進胳臂裡，能夠控制他上膛、出拳的電擊設備。

狄念祖在那電擊設備的控制下，又揮出了十數拳，直到他兩隻手幾乎要變成兩灘爛泥、趙水又被召去開會之後，才停止了實驗。

「貓，你吵他幹嘛？讓他繼續睡，對他比較好。」那人頭蛙身的怪生物，開口對傑克說。「趙大哥在觀察長生基因的復元效力，以及卡達蝦基因的攻擊力，等晚一點他開完會，實驗又要繼續啦，你讓他多睡點，醒著只會增加痛苦。」

「可是……」傑克紅著眼睛，發出低吟，他被關在狄念祖上方的囚籠中，看不見狄念祖的情況，急切地來回走動。

「我剛剛……」狄念祖突然開口。「沒哭吧……」

「沒哭，小狄，你好勇敢，要是換成我，我一定一下子就哭了，怎麼辦，他會怎麼對付我？」傑克恐懼地說。「爲什麼他們要這樣對待我們？」

「嗯，根據我的猜測，趙大哥可能會把你和小臭合體。」人頭蛙這麼說。

「什麼？小臭？小臭是什麼？合體又是什麼？你……你又是什麼？」傑克攀在籠子上，驚恐地對著那人頭蛙連連發問。

「我叫漢姆。」那人頭蛙這麼說。「嚴格來說……我是漢姆和一隻怪蛙的合體生物，最近這兩個月趙大哥滿喜歡搞合體，我是唯一活下來的實驗成果。」

「至於小臭，我還眞不知道牠屬於哪類動物，黑黑黏黏的，硬要說的話，像是水母或章魚這類東西吧，小臭會發出惡臭，且身上有毒。」漢姆這麼說。

「我不要——」傑克絕望地說：「我不要和小臭合體，小狄，救我！」

漢姆沒有理會傑克的哀號，自顧自地說：「你叫什麼名字？你得先告訴我名字，我才能知道當你合體之後該怎麼叫你。」

「我叫作傑克，我是全世界最美麗、聰明又能幹的貓，我就是我，我才不要和小臭合體！」

「嗯。」漢姆搖搖頭，說：「沒辦法，這由不得你，有兩種可能性，一種是你的頭接上小臭的身體，第二種是小臭的頭接上你的身體，嗯，當然也有可能，你們同時有兩顆頭、兩具身體，但這不容易，之前幾次這樣的實驗，實驗品最後都死了。」

「哇——」傑克嚎啕大哭。

「噓！」漢姆連連喊著：「別哭、別哭，要是讓開完會回來的趙大哥聽見你的哭聲，你會比和小臭合體還要慘十倍！」

「嗚！」傑克趕緊收起哭聲，縮在籠中最角落，將身子緊緊縮在一起，顫抖嗚咽著。

「你們如果想安穩活下去，就要聽我的忠告。」漢姆這麼說：「在這個地方，你們只有三件事能做，就是聽話、很聽話、非常聽話。」

□

研究室裡的燈光一天二十四小時亮著，狄念祖和傑克分不清時間流逝，昏昏沉沉地睡了又醒、醒了又睡。

直到趙水打開門。

整間Free research-8研究室裡的囚禁實驗品，都不約而同地打了幾個哆嗦。

趙水在整間黑雨機構的位階雖然不怎麼高，但對Free research-8研究室的實驗品而言，猶如掌控世界的恐怖魔王。

黑雨機構內部有九間自由研究室，進行著各種沒有特定目標的自由實驗，那些實驗結果都會被如實記錄下來，據說這是吉米的主意。他覺得在天馬行空、無拘無束的活體實驗中，有時會激盪出新的創意。

有時，吉米會親身參與這些自由活體實驗，進行各式各樣的「創意實驗」。

例如：測試痛楚的極限。

例如：測試進食的極限。

例如：測試再生的極限。

例如：測試哀號聲的最大分貝。

與其說是實驗，更像是種特異娛樂。

這一日上午，狄念祖在吃過難以下嚥的營養補給品後，又進行了一個半小時的卡達砲實驗，但這次，趙水的實驗似乎較前日有系統些。他先替狄念祖的雙拳戴上特製計量拳套，且在狄念祖的腰、背、臂、腿上分別安裝上感測儀器，用以測量卡達砲的出拳力道及後座力。

接著，則是長生基因恢復力的測量。

這是極端殘酷的試驗。

趙水準備了各式各樣能夠對肉體造成傷害的工具，狄念祖在接受第三項工具的測試時便暈厥了過去，然後被小洲以冰水淋醒，繼續進行不同工具的實驗。

當這天結束時，狄念祖全身幾乎找不到完好之處，且各個傷處上還有標記，標明何處是由何種工具所造成的傷害。

傑克早被嚇暈了過去。

「我剛剛沒哭吧……」狄念祖意識不清時，偶爾會這麼問。

「沒哭……小狄，你好勇敢。」傑克嗚咽著說。

「我情願……自己膽小一點……」狄念祖昏昏沉沉地說：「如果那時候……將我們全盤計畫與攔截到的訊息告訴麥二和酒老，大家商量出更妥適的辦法，或許情形會變得不一樣……但我偏偏賭氣，想讓大家刮目相看，想搶在麥二前面找到麥老大，結果……現在……我自己這樣就算了，酒老他們大概也落得同樣下場吧，還有……月光……她現在不知道怎麼樣了，她這麼久看不到糰糊和石頭，應該很想念他們吧……」

「小狄，別想著過去了……」傑克安慰他。「主人常跟我說，人要向前看……我們應該要把過去失敗的經驗，當成下一次成功的本錢……」

「下一次……我們還有下一次機會嗎？」

「不知道……」

□

兩週過去了——

狄念祖蜷縮在牢籠中，盯著金屬籠壁牆面上的血跡正字，他以趙水的下班次數來推估日期，算算時間，此時已近春天。學校早已開學，他似乎已不再抱著能回到過去生活的那種期待。他摸摸頸部的電擊設備，那電擊器深入肌肉，鎖著頸骨，只要遭受一定程度的外力拉扯，便會自動放出電流。

狄念祖在這些時日來的萬般苦難之中，僅有的好處之一是得到了藥物治療，趙水調配的藥劑比起半調子傑克當時在三號禁區提供的注射藥劑，更能壓抑長生基因的不穩定狀態，他那胡亂增生的毛髮也受到了稍微的控制，因此小洲不用每日替他剃毛。

傑克並沒有與小臭合體，趙水對這隻會說話的貓似乎提不起興趣，只是某次夜間突發奇想，上研究室晃晃時聽見了傑克的哭聲，敲碎了傑克的尾巴和四隻爪子。

儘管有著高效藥劑治療，傑克的四隻碎爪和斷尾也足足花了十天才幾乎康復，他再也不敢哭了。

和小臭合體的是漢姆，趙水將狀似怪異章魚的小臭與漢姆的下半身「組合」在一塊，這是個大工程，狄念祖和傑克得以喘息一天。

漢姆似乎並不介意自己與小臭合而為一，這讓他不必和狄念祖一起爆拳頭試驗卡達蝦基因。他被置入一個大型水缸之中，自在地游著泳，狄念祖和傑克這才知道漢姆的雙頰上長著鰓，能在水中呼吸。

糨糊和石頭僅接受最低限度的營養補給，因此他們的身體一直沒有長大，他們是女奴計畫中的侍衛原型，吉米是女奴計畫的負責人，黑雨機構中本身就有豐富的研究資料，因此趙水對糨糊和石頭絲毫不感興趣。

□

「如果今天你們回得來。」趙水揭開一只冷藏箱子，對著狄念祖說：「就吃這個。」

那是數塊上等牛排。數天前趙水和小洲在研究室裡，曾以瓦斯小爐煎過這樣的牛排，這上等牛肉似乎是黑雨機構的實驗品之一，狄念祖甚至不清楚那外觀和氣味都是十足十的「牛肉」，究竟是不是眞牛肉。

當時，整間Free research-8裡的實驗品，都被這煎牛排的香味所吸引，湊到了牢籠欄杆前狂呑著口水，他們每日只能吃著散發出怪異臭氣的合成飼料。

「我們還會回來？」狄念祖呆了呆，此時的他，又變成了一副英國古代牧羊犬的長毛模樣。小洲從兩天前刻意調整了長生基因的控制藥劑分量，且未替他剃毛，讓他生出長毛，今日是聖泉海洋公園「珍禽異獸展」的開幕日，吉米以合作廠商的身分，提供了一批珍禽異獸，要讓袁燁將活動辦得風風光光。

「你們是Free research-8提供的展品，身體機能上的維護，也由我們負責。」小洲這麼說，在狄念祖的頭上，打了個大大的鮮紅色蝴蝶結。

狄念祖望著鏡子，覺得眼前這毛茸茸的大怪物，看起來像是鬧街上打工的玩偶裝工讀生，此時他的心中沒有情緒起伏，每日的殘酷實驗，使他除了強迫自己不能哭泣外，再也沒有力氣分心在多餘情緒上。

狄念祖蹲進了一只移動鐵籠，被幾個工作人員搬上板車。在窩進牢籠中的那瞬間，他突然驚覺自己的順從度高得不可思議，覺得自己已經不像是一個人，而像是隻受過訓練的狗或猩猩之類的動物。

牢籠被蓋上了黑布。

CH09 毛八

「各位朋友，這是聖泉藥廠的合作夥伴——黑雨機構Free research-8部門提供的珍獸——毛八！」

在一陣稀稀落落的掌聲中，狄念祖感到一陣刺眼燈光，牢籠上的黑布被揭了開來。場地比他想像中遼闊許多，那是個足足有四十坪大的空間。本來狄念祖以為這個珍禽異獸展會在類似動物園夜行館之類的小空間舉辦。

這寬闊場地的三面是水泥牆，其中兩面各有一扇白色大門，另一面則完全開放，迎著底下數排椅子，像是包廂式的小型電影院座椅。

座椅上坐滿了人。

狄念祖認得當中多數人——袁唯、袁燁，以及幾個大家耳熟能詳的政客高官和演藝明星。

幾個工作人員一擁而上，打開牢籠，拿著長竿敲打牢籠，將狄念祖趕出了籠子，狄念祖呆立台上，回頭見那些工作人員將籠子拉回白色大門裡。

「嘿嘿，他們在上面看珍禽異獸展，我們在下面也看珍禽異獸展，而且我們的展覽更加熱血沸騰，我向各位介紹，這是我二哥的愛寵那伽——巨人河童！」說話的人正是袁燁。袁燁一身華貴西裝，一手麥克風、一手啤酒，坐在貴賓席最前頭右側的位置。

狄念祖稍稍撥開擋在額頭前的長髮，見到對面白牆那兒一扇門推了開來，爬出一個體型碩大的怪傢伙，那傢伙模樣就和傳說中的河童如出一轍。

狄念祖從寧靜基地那裡曾經聽聞，大致知道聖泉藥廠的生物兵器階級中的「那伽」，指的是諸如獨角馬、人魚、龍之類的傳說生物，這點子出自聖泉二公子袁唯，袁唯是宗教狂熱者，熱衷於創建自己的神話世界，這些以生物科技合成而製造出的傳說神獸，便成了他那神話世界當中的點綴。

此時，狄念祖望著眼前的高大河童，一下子還不明白這珍禽異獸展覽究竟是在展覽什麼，但他轉頭見到二十來位高級貴賓，紛紛舉起紅色或藍色牌子時，陡然明白了。

這是競技場。

同時，他也明白了趙水之前那簡短幾句話的意思——

在這競技場上存活下來，返回Free research-8，就能得到趙水私人提供的獎賞，一頓高級牛排。

「等……等等……」狄念祖見那大河童在被一旁的助理人員解開頸上的枷鎖之後，

突然高高站起，足足有三公尺高，不由得嚇得後退幾步。他嘴裡喃喃唸著：「我沒說要參加這種活動，我沒說要和這怪物打擂台……」

「吼——」大河童踏著重重的步伐，三步便跨到了狄念祖面前，抬起一隻生著蹼的大手，撲天蓋地朝他搧去。

「等等！」狄念祖怪叫一聲，連忙避開。

巨人河童的動作並不特別敏捷，他左顧右盼，見狄念祖畏畏縮縮地站在他身側，便一個轉身，再甩去一記巴掌。

狄念祖再次狼狽避開，他見那河童速度不快，便不停往他背後繞，腦袋裡轟隆隆亂成一片，他聽見貴賓席上發出了哄笑聲，抬起頭來，見到牆上一片布幕上頭投映著一個毛茸茸的怪傢伙，正和足足有一層樓高的大河童玩著捉迷藏。

那就是現在的自己。

「喂喂喂，怎麼一直逃啊？」袁燁哈哈大笑：「吉米那小子在山上當大王當得太爽，還沒回來嗎？這就是他那間廠子裡生出來的屁蛋嗎？哈哈哈——待會讓你們看看我那隻寶貝！」

「打呀！」

「大隻的動作那麼慢，小隻的只會逃，有什麼好看的！」

遼闊高台上的狄念祖感到有股巨大的力量四面八方擠壓他的五臟六腑，那是種強烈的屈辱感，他有股衝動想向貴賓席上的人們大聲吶喊：「我是人，我和你們一樣都是人！」

砰──

狄念祖飛了起來，他被大河童一巴掌搧在肩上，整個人騰空數公尺，摔到寬闊高台的邊緣。

他摀著肩膀站起，搖搖晃晃、一腳踩空，整個人摔落高台。

「這哪是怪獸擂台，這是馬戲團吧，退票、退票啦──」一名當紅年輕饒舌歌手起鬨嬉鬧著，他和身邊一票年輕男女都是袁樺的死黨。

狄念祖眼冒金星之際，只見一隻大手抓來，揪著他身上的長毛猛力一甩，將他拋回高台上，那是底下的守衛夜叉。

「忘了說，規則裡沒有出界。」袁樺扯著喉嚨說：「打到分出勝負爲止。」

狄念祖正要站起，那大河童一腳踢來，再次將他重重踢得騰空飛起，轟隆撞在牆上。

他身上濃密的長毛發揮了些許緩衝作用，又或許是兩週來的苦難折磨，讓他此時連續捱了兩記重擊下來儘管難受，但還在忍受範圍之內。

大河童呀呀叫地再揮一拳、又揮一拳，狄念祖接連閃開，將拳頭拉至腰後，對著大河童的腰際擊出一記卡達砲右直拳。

大河童的腰肋處，隱隱發出了一聲「喀啦」聲。

那聲音狄念祖十分熟悉，這兩週來，他從自己兩隻拳頭上無數次聽見這樣的聲音。

「噢——」大河童怪叫一聲，捧著肚子彎下腰，還沒叫嚷出聲，狄念祖第二記卡達砲已經轟在他按著腰際那張大手的小指上。

喀——

「呀！」大河童像是觸電般哇哇亂叫起來，他的小指拗折成怪異的角度。

第三記卡達砲打在與第一記卡達砲相同的位置上，清脆的喀啦聲變成了較爲細碎的喀啦聲。

第四記和第五記卡達砲，分別打在大河童的咽喉和臉頰上。
大河童轟隆一聲倒下，狄念祖則擊出一記揮空了的卡達砲，整個人被拳頭扯得翻過那大河童的身子，在高台上滾了好幾圈才停下。
他搖搖晃晃地又站了起來，呆呆望著自己那雙指節有些瘀青的拳頭。
兩週下來，趙水的無聊研究使狄念祖揮出無數記卡達砲，讓他更加熟練卡達砲的發動與上膛，現在他能夠以正常人的連續出拳速度，連續擊出卡達砲。
「嘩——」袁燁高呼一聲，大力鼓掌。「深藏不露啊，下一隻、下一隻！」
牆上白門打開，一只大籠子被數名工作人員推了出來。
籠子裡頭，裝的是一頭約莫在八千年前便已絕種了的劍齒虎。

□

狄念祖被送回Free research-8。
傑克攀在牢籠邊緣、漢姆貼在水缸玻璃上，關切地望著奄奄一息的狄念祖被小洲和趙水從籠子裡拉出，抬上金屬桌。

「死了？」趙水問。

小洲搖搖頭，說：「他打死了河童、劍齒虎，以及阿特拉斯棕熊，袁樺很滿意毛八的表現，要我們治好他，改天再上場。」

「怎麼贏的？」趙水和小洲一人持著一柄電動剃刀，將狄念祖身上的長毛剃去，檢視他身上的傷口。

狄念祖身上遍布一道道可怕的抓痕，臂骨和胸肋都有骨折的傷勢，那是劍齒虎和阿特拉斯棕熊的大爪子所造成的傷害，大腿處一大塊肉被扯裂開來，幾乎要落下，那是被阿特拉斯棕熊咬住後拉扯造成的傷口。

全身上下傷勢最重的，是他的右手，他的右手皮開肉綻，斷骨交錯穿出。

「劍齒虎動作很快，一開始整得他很慘，他故意被劍齒虎咬住手臂，然後用卡達砲攻擊劍齒虎的腦門。」小洲說。

「一拳斃命？」趙水問。

「三、四拳吧……」小洲說：「劍齒虎十分強壯，毛八打斷了牠一顆牙齒，然後他藏起那顆牙齒，再用那顆牙刺進下一個對手——阿特拉斯棕熊胸口。」

「這傢伙還挺聰明。」趙水哦了一聲。「下次什麼時候打？」

「三天之後，袁燁說到時候會幫毛八安排特別的對手。」小洲答：「袁燁說我們如果還有好東西，也可以派過去，沒有也無妨。」

「嗯……」趙水點點頭，轉頭望過一片牢籠，趙水的目光讓牢籠中的實驗品們全都往後一縮，趙水思索半晌，說：「其他都是廢物，三天後再讓毛八去。」

□

晚上，狄念祖身上的傷勢已經結了厚厚的疤痂，斷骨也逐漸癒合。他被關回牢籠，面前多了一盆切成塊狀的上等牛排。

「你聽好，三天後一定要贏。」趙水站在牆前，盯著狄念祖。

「我贏，你有什麼好處？」狄念祖問。

「我不想待在Free research-8，我得罪過實驗室裡一些老王八蛋，在這個地方，我永遠翻不了身。」趙水坦率地說：「我要往上爬。」

「你滿足我的要求，我就助你一臂之力。」狄念祖窩在牢籠中，像狗一樣嚼著鐵盆中的牛排。

「你是第一個敢和我談條件的實驗品。」趙水抖抖手，露出那只手錶，錶上有著遙控裝置，能夠控制狄念祖後頸上的電擊器。

「你當然有權把我當成毫無價值的實驗品，像對待其他實驗品那樣對待我。」狄念祖說：「就像你同樣有權將鑽石、黃金當成垃圾扔進焚化爐裡，這完全是你的自由。」

「你認為自己是鑽石？」趙水冷冷地說：「你在一場鬧劇中獲勝，就覺得自己突然變得偉大了？」

「我只想讓自己好過一點。」狄念祖說：「其實我的要求對你完全沒損失，我表現好，你獲得賞識，或許更上一層樓。如果你不答應，我也沒有辦法。」

「你有什麼要求？」趙水這麼說。

「我不想被關著，我想躺著睡覺，你可以拿鏈子鎖著我。」狄念祖抬起雙臂，晃了晃說：「給我一定程度的活動空間，讓我可以練拳、思考戰術，這樣可以提高勝算，一直關著我，我連怎麼站都快忘記了。」

「這個要求算合理。」趙水沒有直接回答，又問：「你還有其他要求？」

「小狄、小狄。」傑克被囚在狄念祖上方的牢籠中，他用爪子輕扒籠底，用極低的聲音說：「請你要求他也賞我點肉吃……」

「嗯……」狄念祖舉起手上的鐵盆，對趙水說：「如果可以……我想多吃點肉……當然，我會打贏，如果我打輸，這個要求當然作廢。」

「如果你打輸，你不會有機會回來。」趙水冷冷地說：「這點你自己心裡有數。」

「我知道、我心裡有數……」狄念祖連連點頭。

「小洲。」趙水喊了小洲一聲。「準備手術。」

「手術？什麼手術？」狄念祖呆了呆，小洲已經揭開籠門，催促狄念祖出來。狄念祖動作遲了些，後頸上電擊設備立刻放電，他哀號一聲，連滾帶爬地出了牢籠，整個人趴在地上，等待小洲的命令。

□

小洲一手持著電擊設備的遙控器，一手拿著短鞭。這些時日以來，狄念祖和傑克，以及整間Free research-8裡的實驗品，都這樣被當成狗來指揮。

「上桌子。」小洲這麼說。

「是。」狄念祖立刻起身，乖乖照小洲的吩咐爬上桌，但仍然有些遲疑。「我……我說錯什麼了嗎？」

「到目前爲止你沒說錯也沒做錯，你的要求我答應你。」趙水戴上手術手套。「接下來我要你做的，就是閉嘴。」

「是……」狄念祖莫可奈何。這兩週來，他不是沒想過要逃離這個地方，但受制於後頸上的電擊器，他想破了頭也想不出法子，只能按照漢姆的忠言做三件事：聽話、很聽話和非常聽話。

「我很少說這麼多話。」趙水望著躺在金屬桌面上的狄念祖，說：「但是接下來的手術有些複雜，你得配合我的指示，控制你整隻手臂的肌肉和手指。」

「……」狄念祖嚥下幾口口水，但不敢吭聲，他曾見過趙水在毫無麻醉的情況下，活體解剖一些怪異生物。有些實驗品哭了，有些沒哭，哭了的傢伙都會受到一些特別的處罰。

「首先我要說的是……」趙水說：「卡達蝦基因，是我研發的。」

狄念祖愣了愣，有些訝異，但仍不敢搭腔，趙水要他閉嘴。

「你知道什麼是卡達蝦嗎？」趙水這麼問，但見狄念祖仍不說話，便說：「當我問你話時，你不能不回答。」

「是……卡達蝦就是槍蝦，這種蝦有隻大螯，大螯在高速併攏時，會產生氣穴現象，可以擊出強勁水流，能擊暈小魚小蝦，這是牠的狩獵方式。」狄念祖認眞地回答，他曾在網路上查詢有關卡達蝦的資料。

「那麼，你對你身體裡的卡達蝦基因評價如何？」趙水又問。

狄念祖望著趙水雙眼，猶豫半晌才說：「在得到卡達蝦基因之後，我的拳頭粉碎了無數次，這還是在我體內具有長生基因的前提下，因此我很難給它很高的評價……」

「當然，你身體裡的卡達蝦基因，是被人剽竊後的半成品。」趙水眼中露出怒氣，他自小洲手上接過手術刀，在狄念祖面前晃呀晃地。

另一邊，小洲將狄念祖的雙腳和左手固定後，將他的右手特別固定在一只長板上，且以剃刀將他右手上那增生的短毛刮得極爲乾淨，這讓狄念祖緊張地連吞口水。

趙水的神情似笑非笑，對狄念祖說：「那些老渾蛋偷了我的點子，以自己的名義向聖泉邀功，我隱藏了一部分研究資料，他們呈上去的卡達蝦基因只是半成品，因此很快就被淘汰掉了。」

「卡達蝦厲害之處，是螯在閉合時讓水流產生氣穴爆炸，力量驚人，但你身上的卡達蝦基因有兩個問題。」趙水說到這裡，問狄念祖：「你知道是哪兩個問題嗎？」

「卡達蝦基因強化了關節構造，但是沒有一併提升肌肉和骨頭的力量，人體承受不住卡達砲的威力。」狄念祖答：「而且除非在水裡，否則打不出氣穴現象。」

「勉強及格。」趙水哈哈大笑。「我現在要對你做的，就是改造你的右手，讓你體驗當隻眞正的卡達蝦。」

「什麼？」狄念祖的心臟用力跳了一下，頭皮發麻，連連吞嚥口水，他知道自己在接下來的數小時內，又要再次前往地獄遊歷一番了。

「前面交給你了。」趙水將手術刀遞給小洲，自個兒來到堆放書籍的矮櫃前。

趙水揭開櫃門，將裡頭滿滿的書籍、雜物全翻在地上，從矮櫃最深處拉出一只迷你冷藏箱，從中取出一根透明長管，裡頭是大約50CC的青藍色黏稠液體，他盯著這透明長管凝視數分鐘，走到狄念祖面前時，小洲已經持著手術刀將狄念祖前臂皮膚劃開，替數條肌肉接上了線路。

狄念祖滿頭大汗，眼睛直勾勾地望著天花板，盯著燈，盡量將自己的思緒和痛苦分開來。

「『拳槍基因』的配方很難取得，之前我曾實驗三次，全失敗了，這是現在僅有的基因樣本，只足夠進行一次實驗，改造你一隻手。」趙水自顧自地說，當他拿著那內含青藍色液體的容器時，神情中滿是驕傲。

在這當下，沒有人能和他談論這液體的一切，似乎成了種缺憾，因此他說：「現在開始，你有問題可以發問，你必須知道這東西的一切，這次手術才有更高的成功機會。一旦失敗，你除了少一隻手，身體其餘部位也可能被這東西侵蝕、硬化，變成一具硬殼。」

「嗯……啊……你剛剛說，那是……『拳槍基因』？我以爲……唔……你會替它取名作『卡達蝦二代基因』或是『完美卡達蝦基因』……啊……」狄念祖瞪著天花板，隨口亂問，他得讓自己盡量分心，忘記小洲目前正對著他右手進行的事。

「拳槍基因單獨使用，毫無用途，得配合卡達蝦基因，才能組合出一具完美的卡達蝦螯。」趙水得意洋洋，不太介意狄念祖的口無遮攔。

隨著小洲手上的手術刀持續動作，狄念祖的意識已經被右手上極端劇烈的感覺緊緊束縛住，再也無法聽進趙水的一言一語。

時間過得好慢。

□

狄念祖再次睜開眼睛時，右手已經裹上層層紗布，包得密不透風。

此時的他，側躺在牢籠前地板的一張毯子上，一條兩公尺長的鎖鏈，鎖著他後頸電擊器上的鋼釦，另一端則鎖著牢籠的欄杆。這條鎖鏈，算是趙水同意了他的要求，他能夠在這條鎖鏈的長度範圍內活動。

小洲伏在金屬桌前打著瞌睡，趙水人則不在，狄念祖推估此時應當是下班時間。他坐起身來，望著包裹成厚厚一條的右手，回想著昨夜那不知道進行了幾小時的手術。

那時，小洲將他的前臂像是解剖青蛙般展開，在他數條肌肉接上線路，要他依照指令動動每一根手指。趙水在手術的中段開始參與，他將那青藍色液體以小針筒注入狄念祖手臂上數十處。

狄念祖手臂上被注入青藍液體的地方，便會怪異地隆起且硬化，增生出形狀詭異的硬質物體。趙水會在那些硬質物體上注入其他藥劑，且不停調整一旁的儀器設備，那時的趙水看起來便像是個醉心於藝術創作的雕塑家或畫家。

「小狄……小狄……你醒了嗎？」傑克用氣音輕輕喊著狄念祖。

「嗯。」狄念祖愣愣地問：「昨晚我哭了嗎？」

「你哭了，小狄。」傑克這麼說：「哭得亂七八糟，連我都忍不住哭了，大家都哭了，還好那時候趙……先生沒有發現。」

「嗯……」

狄念祖記得手術的後半段，自己終於忍不住哭了，哭得十分淒慘。但趙水並沒有因爲他落淚而對他施加懲罰，那或許是對他的額外施恩，而他此時所得到的活動空間，似乎也沒有引起Free research-8裡其他實驗品的欣羨，他們可不想花上那樣的代價來換取一條鎖鏈所提供的活動空間。

CH10 拳槍

「你能夠練習的時間有限，從現在到出發，只剩下五小時，自己摸索吧，我也沒辦法給你什麼意見。」趙水一面說，一面揭開包覆在狄念祖手上的紗布。

狄念祖望著自己的右手，他的右手自手肘處以下，有些凹凹凸凸的褐色隆起物，凝神細看，那些隆起物以極爲緩慢的速度蠕動著，好似皮肉底下藏著活物。

此時的狄念祖，除了光潔無毛的右前臂，全身毛髮變得更長更密，連臉上也生滿了長毛，但額頭處的毛髮顯然經過修剪，使他能夠保持較佳視線。

狄念祖自從身上被注射了長生基因、經歷一連串險難之後，似乎也失去了對於外貌打扮的品味要求，他對自己此時的模樣十分滿意，這是小洲特意調整了長生基因控制藥劑所造成的外觀變化，濃密的長毛或多或少提供了他肉體上一定程度的保護，二來這樣的外貌，讓他覺得不會被人認出他曾是狄國平的兒子狄念祖，他寧願大家當他是黑雨機構Free research-8所生產的毛八。

「你自己試試。」趙水這麼說，接著回到自個兒的辦公座位，取出一瓶酒，揭開瓶蓋，灌了兩口。

「是。」狄念祖這麼說，他坐在自己的活動範圍內，微微舉著右手，閉上眼睛，感受著右胳臂裡的一切，他覺得自己幾乎要聽見了血管裡那洶湧流動的血液，他依著趙水前兩天的提醒和建議，慢慢地控制著胳臂裡每一束肌肉的鬆或緊，控制右手掌中每一處關節、每一個骨節的「上膛」和「退膛」，他覺得自己的右前臂如同依據精密機器般變化著。

然後他睜開了眼睛，他見到了自己的右前臂變成了原本的三倍粗，手掌也變成三倍大，且皮膚表面變得堅硬如同甲冑，呈油亮的青褐色，上面布著大大小小的深斑，看來像是蝦蟹的外殼。

「這就是……趙博士你說的……外骨骼？」狄念祖呆愣愣地盯著彷若戴上一具堅實鎧甲的右前臂。這層由趙水研發的「拳槍基因」所變化出來的青褐色堅甲，藍圖正是蝦、蟹等節肢動物的外骨骼。

厚達數公分的外骨骼，堅硬程度猶勝磚石，搭配狄念祖體內長生基因所具有的強悍修復能力，解決了卡達蝦基因會因力量過大，而對宿主拳頭造成傷害這項嚴重缺陷。

狄念祖望著比左手壯碩三倍的右拳，手指指節變得如同蟹足之類的節肢構造，拳背四個指根處明顯突出，如同戴著指虎，且在指根三處間隔上，各有一道緊密豎縫，他伸出左指，碰觸那細縫，喃喃地問：「這就是『槍口』？」

「蠢豬！別對著自己！」趙水陡然喝罵。

「是！」狄念祖趕緊將拳頭挪開臉面，轉而對著牆邊堆放著的數面厚實水泥板，將右手對準了水泥板，施力握拳。

他將右拳捏得死緊，足足僵凝了十來分鐘，卻沒有發生任何事，他甩了甩手，變換了不同姿勢，繼續舉著右手，對準水泥板，練習著趙水聲稱的「拳槍能力」。

牆上的時鐘一點一滴地向前推進。

到了出場前一小時，狄念祖在小洲的指揮下，又爬進了那只移動牢籠，乖乖蹲著，準備前往聖泉海洋公園那珍禽異獸展的「地下特別展區」。

□

「各位嘉賓，毛八又來啦——」

這次的司儀不再是袁樺。三天下來，袁樺在這地下鬥獸場擔任主持，喉嚨喊得有些沙啞，也開始覺得無趣。此時的他雖仍然被一群在演藝圈中結交的朋友簇擁圍繞著，但他不再招呼那些嘉賓觀眾，而是自顧自地和朋友們研究著自己手下幾頭珍獸的贏面高低。

「二哥，不曉得今天你挑來的動物，能不能贏我？」袁燁嘿嘿笑著，探長了身子，拍著前座的袁唯肩頭。

袁唯穿著樣式簡約的訂製西裝，戴著黑蛇紋銀框眼鏡，露出睿智而從容的淺笑，淡淡地說：「我坐在這裡的目的不是爭勝負，我只是觀察，觀察這些那伽的性情和特色。」

袁唯說話時有種政治家和宗教人士演說特有的抑揚頓挫，他手上拿著皮質筆記本，上頭還掛著一串金屬徽章，那是他親自設計的宗教標誌。「符合我的標準，才有資格，進入我的樂園。個體力量的強弱，那不是我製造那伽的標準，整個聖泉，下至夜叉，上至阿修羅，我們已經擁有太多戰鬥能力上的成果，此時，我追求的，是一種美。」

「太深奧了。」袁燁和二哥話不投機，訕笑幾聲，轉頭又和狐群狗黨聊成一片。

「大家還記得毛八上次的戰績嗎？」主持人一身火紅燕尾服，身邊還跟著一個高大護衛。「三戰全勝！他打敗了河童、劍齒虎，以及阿特拉斯棕熊——這一次，他有了新的對手。」

「猛瑪——」主持人激動地指著高牆一端的白色大門。

被放出牢籠的狄念祖，本來默默站在己方牆邊，他聽主持人喊出「猛瑪」，不禁大感訝異。猛瑪又稱長毛象，同樣是早已滅絕的上古生物，猛瑪的體型可比先前遇上的劍齒虎、阿特拉斯棕熊要來得巨大許多，他甚至懷疑猛瑪根本無法通過對面那扇白色大門。

然而，那頭步出白門的象，體型卻比狄念祖想像中小了好幾號，身高還不足兩公尺。

任誰都看得出來，儘管這頭猛瑪有著彎曲上翹的長牙和一身密毛，但牠只是頭年幼小象。

「比賽！」主持人大聲喊：「開始——」

「……」狄念祖有些發愣，他完全感受不到這頭小猛瑪身上的敵意，小猛瑪不像是先前的大河童、劍齒虎和阿特拉斯棕熊那樣凶悍，而是悠哉地在台上漫步，鼻子左右擺動，東聞聞西嗅嗅。

「各位觀眾，這場熱身賽，要讓大家見識的是，黑雨機構Free research-8所屬的毛八，他的再次進化，據Free research-8研究員所稱，毛八經過了三天改造，已經獲得強大的特殊能力，這樣的能力，能夠在整個聖泉集團掀起革命！」主持人望著手上ＰＤＡ顯示的說明台詞，滔滔不絕地嚷著：「大家掌聲鼓勵，讓毛八來替我們揭開今天的盛宴——」

狄念祖垂下光潔無毛的右手，專注凝神地輕輕握起拳頭。

他的前臂緩緩變色，隆出凸起硬物、一圈圈粗壯起來。

幾台攝影機對準他的前臂，布幕上出現他手臂變化的特寫。

觀眾席上掌聲更加熱烈。

狄念祖瞥了觀眾席一眼，座位增加了三倍，有些人甚至或蹲或站地擠著，這些人在眞實世界中都是大有來頭的傢伙，從黑道頭子到政商名流都有。

「眞是悲哀……」

狄念祖呼了一口氣，舉起拳頭，向後一拉，上膛。

「嗷——」小猛瑪晃到了狄念祖身旁，舉起鼻子，在狄念祖頭上觸了觸，又在他肩頭點了點，像是有些好奇，這體型比牠小上許多的傢伙，身上竟長著和牠一樣濃密的蓬鬆長毛。

「來吧。」狄念祖緩緩挪動腳步，目光在小猛瑪身上來回掃視，像是在思索著擊向牠身上何處，能夠得到最大的效果。他望著小猛瑪清澈的雙眼，一面低聲喊著：「來啊，攻擊我，我來幫你解脫……」

「毛八，打！」主持人喊：「快上，讓大家見識見識你那隻怪手的力量！」

「嗯……」狄念祖被主持人催促得有些不耐煩，他繞著小猛瑪晃了一圈，小猛瑪隨著他打轉，一雙耳朵撲撲拍動，長長的鼻子在狄念祖身上點來點去。

「快打啊，毛八！快啊！上啊——」主持人大喝。

狄念祖轉頭，瞪了他一眼。

「毛八！你的對手是猛瑪，不是我！」主持人嚇得後退一步，守在他身後那護衛，則立刻向前一跨，冷冰冰地瞪著狄念祖。

狄念祖立時感到四周揚起一片肅殺之氣，台下一整隊的夜叉團，盯著他的目光全帶著威脅氣勢。

「……」狄念祖嘖嘖幾聲，將目標放回猛瑪身上，咬著牙，對小猛瑪招起左手，低聲說：「來啊，快來，攻擊我，用你的長牙撞我，快，這樣我才能讓你快點從這個鬼地方解脫！」

「噢——」主持人笑著說：「我們的毛八，正向猛瑪挑釁吶！但是毛八，你必須主動，聽見沒，你要主動！」

「攻擊我，快，攻擊我！」狄念祖不停揮手撥開小猛瑪湊上自己臉頰亂嗅的那條長鼻子，一面撥，一面向牠招手。「打我！打我！快打我！」

「快打我啊！」狄念祖有些發怒，左手一把握住小猛瑪的鼻子，手指伸進鼻孔內，用力一掐，大喊：「笨象，我叫你打我——」

「嗷——」小猛瑪尖叫一聲，抽回了長鼻，前足高抬，以後足站立，發出了一聲巨大象嗥。

「對。」狄念祖深吸了口氣，轉動身子，挪了挪他那上了膛的巨大右拳，目光鎖定對方正面幾處看似要害的地方，小猛瑪的正面有一雙彎曲長牙擋著，難以突入。

「嗷——」小猛瑪嗥叫著，前足開始下落，長鼻朝著狄念祖重重甩去。

狄念祖鎖定目標——太陽穴。只要他在小猛瑪那雙長牙撞來的同時向側一跨，便能閃過長牙，攻擊小猛瑪的太陽穴，他右手上的新武器能夠一拳擊碎小猛瑪的頭蓋骨。

一個巨大的噴嚏在狄念祖面前炸開。

狄念祖先是一呆，接著才意識到小猛瑪並沒有要傷害他的意思。

但當他意識到這一點時，他的攻擊動作早已展開，他已經繞過小猛瑪那雙長牙，站在牠斜側方。

這剎那，他的腦袋裡想的是停止一切動作，但他收在右腰處、那待命已久的卡達砲右拳，已經發動——

一片鮮紅在他眼前噴發，接著是震天價響的驚呼。

然後是掌聲和喝采。

狄念祖一時間搞不太清楚狀況，他只覺得自己離那小猛瑪的腦袋極近。

小猛瑪的眼睛斜斜望著他，像是不明白爲什麼自己會遭受這樣的對待。

狄念祖的右臂深深埋進小猛瑪的側面腦袋。

「啊……」狄念祖瞪大了眼睛，全身顫抖起來，他的手臂被暖和而柔軟的東西包覆著，他感到小猛瑪的身子沉沉地向下癱軟，他的身子因爲小猛瑪的拖拉而與牠一同倒下。他聽見主持人一聲聲興奮的巨吼，那應該是對他的讚揚，但他一個字都無法理解。

「卡住了？卡住了嗎？」主持人尖叫著，又蹦又跳地來到狄念祖身邊，像是想去探視那跪在小猛瑪身邊、呆愣靜止的狄念祖，但又有些膽怯，便拍了拍身邊那名護衛，說：「幫他把手拉出來，還有下一場呢！」

「是。」護衛點點頭，大步上前，一把揪住狄念祖的右肩，將他整個人拉拔起來。

「哇——」包括主持人在內的所有觀眾，又是一陣驚呼，小猛瑪的側腦上出現一個極大的窟窿，鮮血湧泉般冒出。

那護衛見狄念祖神情呆滯，身子搖搖晃晃，便施力捏了他肩頭一把，說：「站好。」

狄念祖望向那護衛，那是個夜叉。

「站好。」那夜叉護衛捏著狄念祖右肩那手力氣加重，指尖幾乎插進了狄念祖的肉中，且他伸出另一手，往狄念祖的左胳臂握住，像是孩童在調整娃娃站姿般，要狄念祖站好。

「喝！」狄念祖左拳擊出，勾在那夜叉右臉上。

「哇！毛八發飆啦——」主持人尖叫一聲，連滾帶爬地後退，轉頭喊著底下的夜叉團。「上來、上來！」

兩隊夜叉團紛紛站起，但沒有行動。

袁燁和袁唯，都沒有對自己的夜叉團下達命令。

「二哥，讓他們打打看。」袁燁探著身子，興奮地拍著袁唯的肩頭。

「嗯，我也有這個意思。」袁唯點點頭，一面翻開筆記本，一面與身旁幾個像是教徒兼部屬的傢伙們低聲交談，像是在討論這毛八能夠在他心目中的神話世界中擔任什麼樣的角色。

「好……好，原來毛八迫不及待要打下一場啦……」主持人拭著汗，退到舞台一角，氣喘吁吁地說：「黑雨機構Free research-8的毛八，對上聖泉夜叉團，開始——」

那捱了一拳的夜叉，本來退了開來，等待著後續命令，一聽到主持人命令他打，也絲毫沒有遲疑，立刻轉頭，瞪著狄念祖。

「呼……呼呼……」狄念祖一副尚未從震驚中回復的模樣，他見到那夜叉向他走來，這才警戒起來，不停後退、再後退，且將右拳放至腰後，上膛。「爲什麼逼我……做這種事？」

那夜叉見狄念祖將右拳擺上攻擊位置，頓了頓，似乎還記得剛剛他那驚天一拳，但他也只是這麼一頓，立刻加速動作，瞬間竄到了狄念祖面前。

「喝——」狄念祖大吼一聲，擊出右拳。

狄念祖那只巨大右拳，只打中那夜叉留在空氣中的一片殘影。

「爲什麼？」狄念祖飛撲在三公尺外的地上，掙扎著起身，瞪著主持人大吼：「爲什麼逼我做這種事？」

「我……別問我啊！」主持人嚇得跳起，尖聲喊著：「你的對手，在你後面——」

狄念祖轉頭，夜叉又襲到了他面前，他感到胸口一陣劇痛，身子騰浮起來，接著落下，夜叉這拳僅僅用了三分力。

「唔……」狄念祖摀著胸口，覺得肋骨應該裂了。

夜叉又抓住了狄念祖的肩，將他提了起來，用冰冷的聲音說：「打我。」

「好！」狄念祖勾出一記左拳，往對方右臉上再次重重一擊，夜叉的腦袋雖然被打得偏向一邊，右臉浮腫起來，顴骨似乎受到了重創，且頸骨似乎也受到創傷，但似乎感受不到疼痛，只是放下狄念祖，以雙手挪了挪自己腦袋，頸子發出喀啦啦的骨節聲響。

相反地，在卡達砲的威力衝擊下，狄念祖的左拳也受到不小的傷害。

他再次將右拳上膛，喘著氣，將身子彎低，然後將左拳也上膛。

夜叉再次鬼魅般地竄來，狄念祖搶先一步打出左拳，沒打中，立刻轉身，追著夜叉的身影再揮出左拳。

還是沒打中。

夜叉繞著狄念祖逆時鐘繞圈，狄念祖苦苦跟著，不停擊出左刺拳，有時會上膛，有時來不及上膛，現在的他能夠控制卡達砲的威力，因此當他刻意連擊左刺拳時，身子並不會被過大的力道拉扯太遠。

「喝——」狄念祖終於逮到了好機會，那是當夜叉以飛速繞了兩圈而他只原地繞半圈，自己和夜叉剛好面對面時的瞬間，他擊出了右拳。

依舊擊空。

他的身子向前飛竄，陡然止住，夜叉拉住他一隻腳，揮動起來，朝著牆壁扔去。

砰！狄念祖的後背重重撞上牆，但他沒能落下，腹部又捱著一拳。

若是夜叉不用拳頭，而是以尖銳利指突刺，此時已能將狄念祖的腸胃都掏出來了，但夜叉知道自己的任務並非擊斃狄念祖，而是要和狄念祖「打擂台」。

「噢……」狄念祖被夜叉這拳打得腸胃翻騰，身子一軟，跪倒下來，連連嘔吐。

「起……」夜叉伸出手，正要將狄念祖拉起，狄念祖的身子突然以極快的速度蹦起，腦袋轟隆撞在夜叉的下巴上——

這是狄念祖以雙膝所發動的一記頭錘卡達砲。

然後右拳發動。

巨大右拳火箭般轟出，擊碎了夜叉肩骨——本來他打算轟炸夜叉的門面，但前一秒的那記卡達砲頭錘使他自己頭部也受到重創，胡亂出拳下，能擊中夜叉已是十分幸運。

然而，夜叉感受不到疼痛，動作絲毫沒有減緩，在被狄念祖擊碎左肩同時，也隨即揚起右手，一記手刀劈在狄念祖左臂上，劈斷了狄念祖的臂骨。

「哇！」狄念祖摔落在地，他的所有戰術都對夜叉無效，夜叉和那些那伽異獸不同，他們沒有痛覺、不會感到恐懼和驚慌，絕對服從命令，狄念祖任何誘敵戰術都騙不了夜叉，頂多只能和他一手換一手、骨頭換骨頭。

但是即便互換，狄念祖也吃虧太多，他胸口捱中的第一記攻擊所產生的骨裂劇痛，讓他之後的所有攻擊，都減少了三成以上的力道。

夜叉一腳踏下，將狄念祖的右鎖骨踏斷了。

「噢——毛八不是夜叉的對手，嗯，現在……我們要和毛八說再見了嗎？」主持人似乎無法作出決定，轉頭向袁燁、袁唯望去，只見到一道白影掠過他身邊，往狄念祖與夜叉交戰處竄去。

夜叉背對主持人，本已再次抬起腳，準備等待主持人的命令，但他陡然向一旁閃開，避開了身後襲來的白影。

「狄——」一聲清亮的呼喊傳進狄念祖耳中，像是冷冽清涼的雨點，將昏暈迷茫的狄念祖敲得回過了神。

他費力睜開眼睛，只見那夜叉又要竄來，但數度被守在身邊的白影逼退，四周動亂加劇，人聲吵雜，似乎是主持人下達了新命令，那夜叉才不再殺上。

狄念祖嘔出幾口血，感到自己的身子被一雙纖細胳臂扶了起來，那雙手顫抖地撥開他臉上的長毛。

「你是狄嗎？」月光捧著狄念祖的臉，驚駭地問。

「月……光……」狄念祖奄奄一息，巨大化的右手早已逐漸縮小，他右鎖骨斷裂，艱難地抬起右手，握住月光的手。他意識模糊，見到自己滿手鮮紅，早忘了那是小猛瑪的血，還以爲是自己的血，便緩緩地將手往月光嘴上挪去。「妳……妳怎麼樣？好多天沒看到妳……妳很餓了吧……」

月光握住了狄念祖那滿是鮮血的手，說：「我不餓……我不餓……」

「我好想……」狄念祖試圖撐起身子，費力擠出笑容。「我好想念……」

「我找到我的王子了。」月光淌著眼淚，又哭又笑地說：「他對我很好，我在這裡過得很好，我每天都在打聽你和糨糊、石頭的消息……原來你在這裡，我終於找到你了，狄！」

「王……子？」狄念祖腦袋轟隆隆地亂成一團，恍惚中只見四周擁上了一堆人，那些人亂糟糟地擠來，一個男人張開手，將月光從他身邊拉開。

他本以為是麥二，他討厭麥二，但仔細一看，那男人年紀三十有餘，身形高瘦、面貌秀氣，和壯碩豪邁的麥二一點也不像。

「月光……」狄念祖被幾個人抬了起來，和月光隔得遠了，這才瞧清楚月光一身白色禮服，施著淡妝。

彷如電影裡的雪白天使。

CH10 王子

難以言喻的怪異氣氛，瀰漫著整間Free research-8。

狄念祖像個大玩偶般盤坐在自個牢籠外的活動空間，無神地望著自己的右手。此時他的右前臂也生出一束束長毛，當他右臂蝦化時，臂上毛髮會脫落殆盡，變成蝦蟹甲殼，一旦恢復人臂，毛髮又會漸漸生出。

趙水的眼神冰冷得像是電影裡的厲鬼，默默無語地坐在自己的辦公椅上。

數張金屬桌面上，擺著一組又一組的手術或實驗用具——說是實驗用具，更像是刑求器械。

漢姆、傑克、裝著糨糊和石頭的籠子，以及另外兩、三隻實驗動物，全被固定在數張金屬桌面上。另一張空著的金屬桌面，則擺著聖泉藥廠的正式公文。

小洲忙進忙出地替趙水準備接下來手術要用的器具和清水。

傑克淚眼汪汪地看著自己的肚皮，以往他自豪自己是寧靜基地裡聰明絕頂的貓特務，絕不輕易露出肚皮，但此時他被大字型固定在桌上一張鐵板上，鐵板上隱約散發淡淡的血腥味。

另一旁，漢姆望著擺在自己面前的金屬架子和一塊塊瓦片，臉色槁木死灰，狄念祖到來之後，接下了卡達蝦基因的研究工作，漢姆很久沒有打瓦片了，此時即便他生性樂觀得不可思議，但一想到過往令人痛苦不堪的卡達蝦基因實驗又要開始，便驚懼得直打哆嗦。

「博士，你冷靜點……」狄念祖望著趙水。今天一早，狄念祖便接到了通知，他要離開這個地方了，似乎和昨晚地下展覽引起的騷動有關。

趙水站了起來，走過金屬桌子，拿起那張聖泉正式公文，又隨手抽起一把手術刀，來到狄念祖面前蹲下，將那公文湊在狄念祖面前，一邊晃著手術刀，說：「你應該識字吧。」

「你究竟做了什麼？」趙水握著手術刀，在狄念祖臉上輕輕拂著。「你向聖泉那些長官告狀？你說了我什麼壞話？」

「沒有。」狄念祖搖搖頭，望著小洲，小洲遠遠地盯著這兒，手上還拿著那能控制他後頸電擊器的遙控器。「我打死一頭象，輸給一個夜叉，如此而已。」

「如此而已？」趙水緩緩地，將手術刀刺在狄念祖的大腿上。「上面要我繳出關於卡達蝦基因的一切研究成果，他們要帶走你，以及這裡所有實驗品。」

「我，因爲你，將變得一無所有。」趙水盯著狄念祖的眼睛，一分一毫地將手術刀往狄念祖大腿肌肉深處推入。

「這……這不就是你一直追尋的結果嗎？」狄念祖強忍著疼痛，他知道趙水喜好凌虐實驗生物，卻又厭惡他們在劇痛下發出吵雜的哭鬧求饒，他得冷靜地與對方辯論。

「我照你的吩咐……上場打鬥，讓聖泉的高層見識到你的研究成果……他們想要接手你的研究，就表示你的研究有價值啊！」

「拿走我的一切，只留下我在空無一物的Free research-8裡？」趙水雙眼布滿血絲。

「趙博士，你並沒有一無所有，你……你還有小洲啊……」傑克低聲哀號，小洲正拿著沾著酒精的棉花擦拭傑克的肚皮。

「是啊——」趙水握著插在狄念祖大腿上的手術刀，旋轉起來。

「啊——博士，你別激動！」狄念祖哀號喊著：「事情並沒有你想像中那麼糟，我……我有辦法、我有辦法！」

「你有辦法？」趙水瞪著狄念祖。

「我可以幫你！」狄念祖劇痛之餘，腦袋快速亂轉，盡力遊說趙水：「我被轉移到新的研究部門……會讓他們明白這個實驗需要你來主持。你以爲失去的一切，將會全部回到你的手中，且是兩倍、三倍地回到你身上。」

「你向他們推薦我？你以爲自己算老幾？他們憑什麼聽你的？」趙水不屑地說。

「很簡單！」狄念祖說：「你把這些天的研究資料銷毀，那些數據和成果便只保留在你的腦中。當他們在我身上做實驗時，我可以故意不配合、可以假裝自己身體出了問題，我能讓他們無法取得正確的研究資料，一面盡力遊說你的重要性；他們沒有理由拒絕你的，和你有過節的是黑雨機構上頭那些老渾蛋，你應該也想踩過那些老渾蛋的腦袋，爬到比他們更高的位置上去對吧！」

「嗯。」趙水將刀子緩緩抽出。

昨夜一戰之後，狄念祖滿身傷痕地被送回Free research-8。起初趙水得知狄念祖雖然敗給了夜叉，但成功吸引了眾人目光，頗爲興奮，他以爲自己就要達到目的了，他能夠繞過黑雨機構那些與他不睦的長官，直達更高位階，但不料今日一早卻收到了上級公文，要他將這些年的研究成果盡數上繳，整個Free research-8一切歸零、重新開始。

趙水直覺地將矛頭對準了狄念祖，認定必然是他在舞台上引發了不必要的紛爭，或是說了些挑撥言語，激怒之餘，他下令小洲將傑克、漢姆、糨糊、石頭等與狄念祖熟絡的傢伙全綁上了桌，他想要好好發洩胸中惡氣，當作是送給狄念祖的「臨別大禮」。

「博士，你放了他們，我們好聚好散，我一定向他們大力推薦你。」狄念祖見趙水介意的果然還是升遷問題，便誇張地說：「以趙水博士你的才華，只要逮到機會，必定能大展身手，說不定第五研究部的總負責人大位就要落在你的手上了。」

「你說的很好聽，但是有個破綻。」趙水冷冷望著狄念祖。「你說要推薦我，但如果你出爾反爾，我也拿你沒辦法。我知道你恨我入骨，這裡所有的實驗品全都恨我入骨，我心知肚明。」

「恨一個人，未必不能與他合作。」狄念祖說：「如果目的是共同謀取更大的利益，哪裡會有永遠的敵人呢？坦白說吧，我在這裡待了這麼多天，你的實驗確實令我痛苦萬分，但最多就是這樣。而我去了第五研究部，還會受到什麼折磨，我難以想像……在這種情況下，我們合作，你善待我，我效忠你，大家互謀其利，不是很好嗎？」

狄念祖見趙水認真沉思，似乎被自己一番話說動，便繼續滔滔不絕地講：「你想想，我不是普通的卡達蝦基因宿主，我身體裡有長生基因，雖然我身體裡的長生基因變質了，雖然據說其他部門的長生基因研發進度也十分順利，但不論如何，我的身體就是早了一步，卡達蝦基因和長生基因是天作之合，你是卡達蝦基因研究的權威，就像個天才大廚，我就是那條上等好魚，你加上我，價值連城啊。」

「你口才倒是不錯。」趙水認眞沉思起來，突然抬頭，似笑非笑地望向小洲。「小洲，有什麼辦法讓他乖乖認眞執行他的承諾。」

「趙大哥，噬肉蟲。」小洲想也不想地說。

「和我想的一樣。」趙水拍了拍狄念祖的臉，對他說：「毛八，你的提議，我接受了。」接著他朝幾張金屬桌上指了指，對小洲說：「將那些沒用的傢伙放回去吧。」

「是。」小洲立時將漢姆、傑克等實驗品全關回了牢籠裡，接著又將狄念祖帶上金屬桌子，固定住他的四肢。

趙水提著兩只保溫小箱，來到狄念祖身邊。

「所以……現在你要……」狄念祖見小洲將傑克等放回籠子，本以爲自己遊說成功，卻換成自己被綁著，不禁有些驚恐，不知道趙水又要怎麼折磨人。

「你說得相當動人，但我得替自己買個保險。」趙水揭開第一只保溫箱，取出密封的透明試管，裡頭是八分滿的紅液體。

接著，他揭開第二只保溫箱，取出透明盒子，裡頭是淡黃色液體，液體裡泡著密密麻麻狀似昆蟲的生物。

那些蟲有大有小，小的如同蚊蠅，大的接近金龜，此時悠哉地在液體中游動。

狄念祖留意到那兩只保溫箱的溫度設定並不一樣，裝著試管液體的箱子溫度設定只有二度，另一只裝著活蟲的箱子則設定在三十七度，那是人體溫度。

「這是『噬肉蟲』。」趙水揭開活蟲小盒，用夾子夾出一隻蒼蠅大小的活蟲，放在狄念祖右手稀疏無毛處。

狄念祖立刻感到手上傳來一陣劇痛，小蟲一被放上他的手，立刻貪婪地啃噬起他的皮肉。

那古怪小蟲有強壯的口器，僅十數秒的時間，便在狄念祖的手背上咬出了一個見骨血洞，且不停往裡頭鑽。

狄念祖驚懼莫名，身子顫動起來，趙水伸出夾子，將鑽入狄念祖手背一半的小蟲夾了出來，捏至狄念祖面前展示。

「我會在你的身體裡注入這些噬肉蟲，牠們食量極大、成長快速，只須三天時間就能長得和你見到的這隻蟲子一樣大，十天後可以長成蝦子那麼大。」趙水這麼說。「聰明的毛八，你明白我的意思嗎？」

「所以我一定得依照約定幫助你往上爬，否則我就會被這些寄生蟲給吃了。」狄念祖深深吸著氣，這麼答。「而你，像武俠小說那樣，定期給我解藥，來控制這些蟲子？」

「沒錯。」趙水嘿嘿一笑，說：「這類寄生蟲聖泉相當多，每個部門的控制藥劑配方都不一樣，我這東西，是我自己獨力研發出來，你必須定期注射控制藥劑，才能夠讓體內的幼蟲持續保持沉睡。」趙水這麼說時，又取出一管裝著透明液體的針筒，在狄念祖面前晃了晃，接著，將之注入狄念祖血管中。

五分鐘後，趙水將那試管中的橙色液體，也注入了狄念祖的血管。

「定期是多久？」狄念祖問。

「一次藥劑的效力，平均能夠維持十天，保險一點就是八天，你如果害怕，也可以六天打一針。」趙水拍了拍狄念祖的臉：「我可以供應你源源不絕的藥，至於藥價，你心裡有數。」

「嗯……」狄念祖臉色蒼白，他爲了讓趙水放棄對大家和自己用刑，說得天花亂墜，誰知道趙水還有「噬肉蟲」這招，往後他即便離開Free research-8，也得持續受制於趙水。

「對了。」趙水又拍了拍狄念祖的臉，說：「剛剛我注射進你血管的幼蟲超過三千隻，那些幼蟲雖然處於半睡眠狀態，但仍會本能地攀住血管壁，自行放血是沒有用的，我怕你做了白工。」

「謝謝趙大哥的提醒。」狄念祖莫可奈何地點了點頭。

□

半小時後，一批聖泉工作人員浩浩蕩蕩地抵達黑雨機構，清點著趙水奉上的研究資料，將數十隻大大小小的實驗樣品記錄成冊，裝入移動牢籠，運出黑雨機構。

「這裡……」狄念祖像隻猩猩般地貼在牢籠邊緣，茫然地望著四周環境，他本以爲牢籠上的黑布揭開時，他會見到和黑雨機構差不多的建築構造，裡頭有冰冷的白牆和一群心理變態的研究員穿梭其中。

但此時他眼前的景象和預期中大有不同，這地方是間五坪大小的水泥房舍，裡頭放置一些簡單的原木玩具，左邊角落有棉布堆成的小窩，右邊角落堆著一些便溺排泄物，這些便溺物，是一群猩猩拉的。

而那些猩猩，此時則心不甘情不願地被工作人員一隻隻趕入牢籠，準備被送往他處。

而裝著狄念祖等實驗品的數十只移動牢籠，則在這欄舍中被堆疊成一座小山。

「等等……」狄念祖訝異地望著那工作人員。「我以爲我會被抓進奇怪的研究室，被一堆心理變態的研究員用不人道的方法研究，爲什麼把我帶到這裡？這裡是什麼地方？負責人是誰？」

「哦，現在的猩猩越來越聰明了，說起話來人模人樣吶。」一個工作人員懶洋洋地對狄念祖說：「不過你說什麼我都不會相信的，猩猩，你只要乖乖待在這裡，等會就有人來看你啦。」

「喂、喂——」狄念祖急得湊在牢籠旁大叫：「老頭，我不是猩猩，你什麼時候見過會講話的猩猩了？我是黑雨機構Free research-8趙水博士最重要的研究成果啊，我身體裡有重要的研究成果，你叫你的主管來見我，我跟他說！」

「哼哼。」那黑黑瘦瘦的工作人員年約六十，搖搖頭說：「我不會相信你的，上次那批猩猩一天到晚說謊，我被騙過很多次啦，你乖乖的，阿福叔才給你飯吃。」

「阿福叔又是誰啊？」狄念祖搖著牢籠欄杆大叫。「這裡到底是什麼地方？」

「阿福叔就是我。」那工作人員咧開嘴笑了笑。「這是後場啊，動物園的後場。」

「什麼！喂喂！不是說要抓我去研究嗎？怎麼會把我關進動物園啦？」狄念祖見那大叔走遠，一時間茫然無措。

一般動物園裡除了展示區域，還有另一間後場欄舍，讓動物在參觀時間結束後能夠返回休養，等同動物的窩，狄念祖被送至的地方，不久之前是一群聰明猩猩的窩。

「小狄，我愛死你了——」傑克像是一副從地獄逃出的模樣，開心地在自己的牢籠裡蹦蹦跳跳。「你好偉大，你犧牲自己，讓他們在你身上打入噬肉蟲，救了大家也救了我，我還以為自己再也逃不出來了呢……」

「誰要犧牲啊！」狄念祖焦躁地在牢籠上搥了兩拳，接著頹喪地倚著欄杆坐下，懊惱地抓著頭說：「我救了你們，那誰來救我……我答應趙水，要推薦他進第五研究部啊，爲什麼送我來這個地方？沒人研究我，我要向誰推薦趙水啊？」

「小狄，你不要擔心，只要我們能逃出去，回到基地，莫莉姊會救你的，那種屁東西，難不倒莫莉姊的。」傑克像個人般地站了起來。兩週來，傑克每天都活在恐懼之中，腦袋遲鈍許多，此時他拍了拍自己腦袋，想讓自己恢復成寧靜基地裡那隻聰明又勇敢的虎斑貓特務。

「那要能逃出去才行。」狄念祖嘆了口氣，突然見到糨糊和石頭將又細又短的觸手伸出囚著他們的小牢籠，搆著了一些黑黑的條狀物往嘴裡送。他拍打著牢籠，向糨糊和石頭喊：「你們在幹嘛，那不是食物——」

糨糊和石頭此時的體型仍然只有哈密瓜大小，他們長時間營養不良，除了體型迷你，心智也維持在最低狀態。

他們在吃猩猩的大便。

那是他們最原始的生存本能，他們得用盡一切方法存活下去，才能保護公主。

「飯……」糨糊聽見了狄念祖的聲音，轉動腦袋，東張西望，瞧見了斜前方的狄念祖，便盡量將自己的黏臂身長，揪著一坨大便，像是要和狄念祖分享。

「喔！你的好意我心領了！」狄念祖連忙往牢籠深處縮，同時扯著喉嚨喊：「阿福叔、阿福叔！來一下啊，你們把我們關在這裡，好歹給點食物和水啊，我們可憐的孩子餓到吃大便啦——」

「狄！」月光的聲音傳來。

「月光——」狄念祖又驚又喜地湊到牢籠前。

「公……」糨糊和石頭猶如聽見了天神的聲音，拋下了手上的大便，將觸手伸往牢籠外，激動掙動起來。「公……主……」

「對！」月光奔入這欄舍，在數十只牢籠前急急尋找著狄念祖和糨糊、石頭。「是他們……狄、糨糊、石頭，他們都在這裡！」

「放他們出來。」一個冰冷的聲音自後方傳出。

「是是是……」阿福叔唯唯諾諾地應允，將那些被月光點到名的牢籠全打開了。

糨糊和石頭激動地撲進月光懷裡，在她身上胡亂磨蹭。

「我好想你們、好想你們！」月光喜極而泣地摟著糨糊和石頭，說：「你們受傷了，還是沒東西吃，怎麼身體都這麼小？你們都沒有洗澡嗎？怎麼臭臭的？」

「那不是沒洗澡的味道，那是……唉算了。」狄念祖步出牢籠，伸了個懶腰。

「狄！」月光摟著糨糊和石頭，關切地問著狄念祖：「爲什麼你變成……毛茸茸的樣子？你生病了嗎？」

「嗯……算是吧。」狄念祖不知該從何解釋起，他有千言萬語想對月光說，但他見到欄舍門外站著一隊人馬，其中一人是他昨晚見過的——袁家大伯的長子，吉米口中那位大堂哥，也就是月光尋尋覓覓的王子。

袁家叔伯輩儘管在聖泉藥廠內頗有分量，但他們不像袁安平、袁燁那樣擁有高知名度。狄念祖對這位「大堂哥」毫無所悉，僅從那時在吉米與隨從閒聊時得知這大伯的長子叫作「袁正男」，年紀比袁安平還大上一些，在聖泉親友間甚至高層中的外號，就叫「大堂哥」。

「找到妳要的寵物了嗎？」此時只見大堂哥站在外頭頻頻看著手機，催促地說：

「我得走了，他們在外頭等我，他們開始催人了。」

「王子，謝謝。」月光領著狄念祖等人走出欄舍，向大堂哥深深鞠了個躬。

「記得妳答應過的事。」大堂哥這麼說，張開手，似乎想拍拍月光的臉蛋，但他有些顧忌眾人的目光，便只像長輩那般輕輕拍了拍月光的腦袋，帶著一批隨從轉身離去。

□

「原來如此……」狄念祖扠起一塊牛排，塞入口中，細細嚼著。

此時的他，剃去了一身毛髮，換上簡單乾淨的居家衣褲，雖然臉上和體膚上仍有著濃密如同鬍碴的短毛，但要比這些日子以來扮演的「毛八」好看許多了。

高貴餐桌旁是整面的落地窗，從窗邊能俯瞰整座聖泉海洋公園，桌上擺滿了豐盛晚宴，糨糊和石頭窩在高級石材砌成的壁爐旁小桌上，吃了個東倒西歪，和兩小時前相比，他們的身體稍微長大了些。

傑克則是一臉幸福地窩在餐桌上一只大盤子旁，他吃了數條烤魚，儘管肚子再也塞不下東西，但他仍捧著一顆魚頭，不時舔上兩口。

這間別墅位在海洋公園內最高級的度假屋區，區域內分布著二十餘棟附有小庭院的獨棟別墅，僅提供聖泉和各國政商界極高層人士預約使用。

狄念祖亟欲知道他們分別之後月光在黑雨機構中的遭遇，由於月光不擅言詞，再加上傑克時常插嘴大發議論，使得狄念祖聽來十分吃力，但他還是大致聽懂了。原來當狄念祖被送入趙水負責的Free research-8實驗室、被趙水折磨得死去活來時，月光和果果則在黑雨機構第一研究室裡接受了一連數天的精密檢查。

黑雨機構的場地和硬體設備由袁家叔伯輩提供，但資金和人員卻是由袁燁及袁唯共同提供，黑雨機構等於袁大哥以外勢力的一項聯手結晶，其中一項業務，便是提供袁燁經營的海洋公園各種珍奇生物——這本來就是吉米在第四研究部負責的任務之一。

同時，黑雨機構裡，負責女奴計畫的人員與設備俱在，他們輕易調配出月光所需的營養藥液，讓月光在與狄念祖分離的這段時日能維持身體正常運作，同時聯絡月光的原定主人——袁家大堂哥袁正男。

月光一見到袁正男，便知道那是她的王子。

袁正男似乎十分喜愛月光，替她安排了頂級的暫時住所，且怕她孤單，答應讓她自海洋公園裡挑幾隻動物作陪。接著，月光在珍禽異獸展中認出了狄念祖，堅持一定要挑選他陪伴，袁正男也不囉嗦，立刻發出命令向Free research-8要人。

「有件事，我不知道自己做得對不對？」月光若有所思地說。

「什麼事？」狄念祖用手托著下臉頰，心神不寧，他還受制於趙水噬肉蟲的控制。

「狄……你猜的沒錯……」月光突然紅了眼眶，接著哽咽起來。「王子他有老婆。」

「袁正男有老婆沒錯啊。」傑克在一旁插嘴。「他超怕他老婆，大家都知道。」

「所以，他要妳名義上做他的祕書，對吧？」狄念祖接著問。

「對……」月光嗚咽地說：「祕書……他讓我住在這裡，掃掃地、擦擦窗戶，做些祕書做的事……」

「這些不是祕書做的事吧。」狄念祖皺了皺眉，試探地問：「他沒有要妳做其他事喔？例如……嗯，幫他按摩什麼的？或是脫妳的衣服？」

「嗯。」月光紅著眼睛說：「我跟他說，除非他和老婆離婚，當我眞正的王子，我才會當他的公主，做公主應該做的事。」

「什麼——」狄念祖先是一呆，接著啞然失笑。「月光妳變聰明了，懂得討價還價了。」

「我……」月光見狄念祖笑得誇張，以爲自己做錯了什麼事，便急急地辯駁。「我記得以前老師曾和我說過，公主的衣服，只有王子才能脫……」月光這麼說時，臉上浮現淡淡紅暈。

「那不一定，現在時代不同了，要看氣氛，氣氛比較重要！」傑克捏著一根魚刺剔牙。

「狄你曾提醒我王子可能有老婆，所以我認眞想過這些事。」月光這麼說。「如果他不願意當我的王子，那我……我……」月光像是十分猶豫，但仍然堅決地說：「我也不要當他的公主。」

「喔，有骨氣！」狄念祖不禁咋舌，他想起在張經理安排他們入住酒店，準備襲擊吉米時，自己曾隨口鬼扯過王子可能有老婆這件事，當時這番話惹哭了月光，他可沒料到從那時開始，月光便仔細思考未來遇見王子，而王子眞的有老婆時的對策。

「狄，你那時候不是說，如果……如果王子有老婆，你要教我……怎樣奪……奪……」月光思索著狄念祖當時的用詞。

「橫刀奪愛。」

「嗯，對！」

「沒那麼容易呀，袁家大堂哥的老婆，比趙水那個臭神經病還可怕！」傑克嚷嚷講著他在寧靜基地時聽來的八卦緋聞。「第五研究部是袁大伯和袁小叔兩家共同把持的部門，袁小叔沒有子女，大堂哥名義上是第五研究部的最高負責人，但私底下怕老婆怕得要命，而大堂嫂又很得公婆支持，她才是第五研究部的眞正操刀手啊！」

「我聽說有一次，大堂哥曾偷偷包養酒家女，大堂嫂找出了那個酒家女，綁進了實驗室，在大堂哥面前指揮一票研究員把酒家女變成了一頭怪物。」傑克張著雙爪，煞有介事地對月光說：「大堂嫂派出一整隊夜叉團保護大堂哥，但實際上是監視他的一舉一動，妳鬥不過她的！」

「我就覺得奇怪，聖泉連一個吉米都囂張成這樣，竟然沒有對月光來硬的，原來是懼內。」狄念祖哼哼冷笑。

「不論如何，我想試一試。」月光認真地說：「自從我有記憶以來，只知道我必須等待一個人，那個人是我的王子，我是他的公主，除此之外，我不知道自己還能做些什麼……這是我出生到這個世界，唯一的使命了。」

「渾蛋，這就是我們反對聖泉的原因——」傑克氣得站了起來，一腳踩在魚頭上，大發議論：「這些臭人類胡搞瞎搞，將生命當成玩物，製造一堆生命，替他們植入亂七八糟的思想，只為了滿足自己那些變態想法，月光小姐，接受我這世界上最聰明又美麗的貓拯救吧，隨我去寧靜基地，我們一起對抗可惡的聖泉藥廠。」

「安靜點，貓，別忘了我們現在還在人家的地盤上。」。」狄念祖瞪了傑克一眼，指了指鑲在自己後頸上的電擊設備，接著他對月光說：「對了，後來王子怎麼回答妳？要妳再多給他一點時間，他會好好處理他老婆的事？」

「王子說我的心生病了，他會安排我回家，回到玻璃箱裡。」月光這麼說。「他說到了那時候，我就會知道他的心意了。」

「他想幫妳重新洗腦。」狄念祖淡淡地說。

「小狄說的沒錯，那是培養箱。」傑克氣呼呼地說：「女奴計畫的女孩們把那地方當成『家』，他們當月光小姐是失敗品，只因爲月光小姐並沒有對主人百依百順，但是在我看來，月光小姐才是成功的人造人類，有獨立自主的思想，沒有一個人應該對任何一個人，或是任何圖騰及勢力百依百順！」

「你什麼時候說話這麼冠冕堂皇了？」狄念祖哼哼地說。

「都是主人教我的，她說碰到其他新物種，就要這麼教育他們。我主人睿智又美麗，我最愛我的主人了，喵——」傑克呵呵笑著說，見到狄念祖露出詭譎笑容，知道自己的話顯得有些前後矛盾，連忙解釋說：「我對我主人的愛，就是出自我獨立思維下的抉擇，才不是被奇怪的機器洗腦出來的成果！」

「進去培養箱，會怎麼樣？」狄念祖這麼問。

「培養箱裡有特殊的機器，可以修改生物的記憶，甚至連性格都能調整。」傑克這麼說：「月光小姐如果進了培養箱，有可能會被改造成任何人，至少，會被改造成完全聽命於主人的人，那根本不能算是人了，只是個活著的機器，就像夜叉那樣。」

「到時候，王子要她殺了我，她也會殺嗎？」狄念祖問。

「當然會。」傑克大力點頭。

「王子要她殺糨糊和石頭，她也會殺嗎？」狄念祖問。

「會！」傑克說。

「這樣，妳還要進那箱子嗎？」狄念祖轉頭望向月光。

「我已經答應他了。」月光苦笑了笑。「所以他才答應將你們帶來我身邊，他還答應我，到時候會一一找回你們，讓你們和我們一起住在大房子裡，狄、糨糊、石頭、果果，甚至……甚至酒老頭他們。我有向王子告狀，說吉米非常可惡，王子說他會教訓吉米，還我一個公道。」

「哼。」狄念祖冷笑著伸了個懶腰。「那謝謝他啦。」

「怎麼可能，那個傢伙……」傑克一臉不服地想要和月光討論這種承諾會兌現的可能性。

「算了！現在討論這個沒有意義，不論如何，至少我獲得了一定程度的自由。」狄念祖打斷了傑克的話，轉頭問月光：「王子安排什麼時候讓妳回家？」

「七天之後，海洋公園裡的博物館會舉辦開幕典禮。」月光答：「那天王子的兄弟們都會參與，會很熱鬧，會有一場盛大的活動。」

「七天。」狄念祖點點頭。「夠了。」

「小狄，你想要做什麼？」傑克這麼問。

「賽跑。」狄念祖笑了笑。

「賽跑？」傑克不解地問：「和誰賽跑？」

「和很多人、很多事賽跑。」狄念祖站了起來，望著窗外夜色。「和噬肉蟲賽跑、和大堂哥賽跑。」

「還有……」狄念祖望著自己的右手。「和狄國平賽跑。」

「我想要做到，他做不到的事。」

《月與火犬5》　完

月與火犬

6

袁氏博物館盛大開幕的同時，也是袁唯「創世計畫」的開始；狄念祖串連同樣受困海洋公園的夥伴們展開反攻，企圖在聖泉海洋公園掀起驚天動地的大騷動。

酒老、麥二等全被運進黑雨機構，新一輪的怪異實驗即將展開。月光爲了兌現承諾，不得不進入培養箱，新的侍衛因應誕生，糨糊和石頭即將淪爲被拋棄的孤兒……

月與火犬 6 創世計畫
即將揭幕──

國家圖書館出版品預行編目資料

月與火犬5／星子 著；.—— 初版. ——台北市：
蓋亞文化，2012.01-
冊；公分.——（月與火犬；5）（悅讀館；RE255）

ISBN 978-986-6157-57-8 (平裝)

857.7 100005358

悅讀館 RE255

月與火犬 5

作者／星子
插畫／Izumi
封面設計／克里斯
企劃編輯／魔豆工作室
電子信箱◎thebeans@ms45.hinet.net
出版／蓋亞文化有限公司
地址◎台北市103赤峰街41巷7號1樓
電話◎（02）25585438 傳真◎（02）25585439
網址◎www.gaeabooks.com.tw
電子信箱◎gaea@gaeabooks.com.tw
郵撥帳號◎19769541 戶名：蓋亞文化有限公司
法律顧問／十方法律事務所
總經銷／聯合發行股份有限公司
地址◎新北市新店區寶橋路二三五巷六弄六號二樓
電話◎（02）29178022 傳真◎（02）29156275
港澳地區／一代匯集
電話◎（852）27838102 傳真◎（852）23960050
地址◎九龍旺角塘尾道64號龍駒企業大廈10樓B&D室
初版三刷／2013年6月
定價／新台幣 220 元
Printed in Taiwan

ISBN／978-986-6157-57-8

GAEA

GAEA